남행

남행

펴 낸 날   2023년 1월 16일

지 은 이   조강우
펴 낸 이   이기성
편집팀장   이윤숙
기획편집   윤가영, 이지희, 서해주
표지디자인 이윤숙
책임마케팅 강보현, 김성욱
펴 낸 곳   도서출판 생각나눔
출판등록   제 2018-000288호
주   소   서울 마포구 잔다리로7안길 22, 태성빌딩 3층
전   화   02-325-5100
팩   스   02-325-5101
홈페이지   www.생각나눔.kr
이 메 일   bookmain@think-book.com

• 책값은 표지 뒷면에 표기되어있습니다.
　ISBN 979-11-7048-513-1 (03810)

그 집이 전란 속에 사라지는 것은 용납할 수 없다.

비록 집에 들어가지는 못하지만, 그 집은 절대로 불에 타서도,

무너져서도, 남들의 손에 넘어가서도 안 된다.

그 집만큼은 영원해야 한다.

적어도 내가 살아있는 동안은.

어명

"내 아이를 지켜주게."

왕이 야심한 밤에 불러내어 한 말이었다. 오랑캐가 이 땅을 밟았다는 소식이 들려온 날 자시였다. 눈보라가 그들의 전령이라도 되는 것처럼 쉼 없이 매섭게 몰아쳤다. 왕은 다시 한 번 궁궐을 버릴 채비를 하며 내게 말했다.

"믿을 사람이 필요하네."

"전하 저는 행실이 불손하여 군에서 쫓겨난 자이고, 또한 왜구와의 전란으로 인한 부상으로 예전같이 날래지도, 강하지도 못합니다. 헌데 어찌 다른 젊은 무위들을 등용하지 않으시고 저를…."

왕은 내 말을 잘랐다.

"내겐 경험이 많고 믿을 수 있는 자가 필요해. 지금 궐 안에는 믿을 이들이 없다. 그저 기회만을 노리는 탐욕스러운 간신배들뿐이야. 그들이 활개 치는 것도, 전란에서 활약한 자네가 쫓겨난 것도 다 부덕하고 못난 나의 탓이지. 외적들에게 쫓겨가면서도 궐 안의 치들을 믿지 못하니….”

“전하, 저보다 나은 자들이 분명 있을 것이옵니다….”

“이 전란이 끝나면 내가 자네를 곁에 두겠네. 그리고 자네 가족들의 목숨도 내가 장담하겠네.”

“전하, 제 처와 피붙이는 지난 전란 때 왜구에게 죽임을 당했습니다.”

내 아내와 내 아이가 죽었다는 사실조차 임금이라는 자는 모르고 있다. 백성들의 지아비라는 자가 제 자식들의 죽음조차 모르고 있다.

용상에 앉아있는 자는 황급히 고개를 떨구었다. 그는 내게 잃을 것이 없다는 것을 알아차린 것이다.

“다 내가 무능한 탓이다…. 그대가 원하는 것은 모두 들어주겠다. 원하는 게 무엇인가? 재물을 원하는가? 관직을 원하는가?”

왕이 내게 매달리고 있었다. 그에게는 내가 아니면 안 되는 이유가 있어 보였다.

“전하, 저에게 이 일을 맡기시는 연유가 무엇입니까?”

“북도 병사가 떠나기 전 자네를 천거했네. 그가 장계에 자주 그대의 공을 올렸었지. 홀로 적병 수십과 자주 맞섰다고 들었네.”

“전하, 그것은 저를 치켜세우기 위한 그분의 과찬이옵고, 이미 오래전 일입니다. 또한, 저는 술독에 빠져 살아 군살은 불고 손에 힘이 들어가지도 않으며, 정신은 해이해져 검을 놓은 지도 여러 해가 지났사옵니다.”

그 순간 바람에 문이 덜컹거렸다.

"부디 이 나라를 위해 한 번만 자네가 나서주면 안 되겠는가…"
왕의 목소리는 바깥 눈보라 소리에 섞여 희미했다.

이 나라를 위해…. 이 나라에 미련은 없다. 동정도 없다. 아무런 감정도 남아있지 않았다.

늙은 어머니.
그리고 집.
아내와 아이들이 살던 집.

그들이 죽고 그 집에서 잠을 청한 적은 한 번도 없었다. 항상 먼발치에서 바라보았지만 들어간 적은 없었다.

그곳에 있으면 가족들과의 기억들이 나를 미치게 했다. 내게 마지막 남은 다 늙은 불쌍한 어머니는 나를 억지로 붙잡고 있으려 했지만, 나도 어쩔 수 없었다. 양손에 술병을 쥔 채 산으로, 개울로 도피했다. 장수 노릇 하며 모은 돈은 어머니에게 조금 드리고, 나머지는 술값과 투전에 흥청망청 다 써버렸다. 정신없이, 미친 듯 살아야 살수 있었다. 그리움은 나를 잡아먹고 있었다.

하지만 그 집이 전란 속에 사라지는 것은 용납할 수 없다. 비록 집에 들어가지는 못하지만, 그 집은 절대로 불에 타서도, 무너져서도, 남들의 손에 넘어가서도 안 된다. 그 집만큼은 영원해야 한다. 적어도 내가 살아있는 동안은.

잠깐의 정적이 흘렀다.

"전하께서 저에게 몇 가지 약조만 해주신다면 지금 바로 채비를 하겠습니다."
왕은 반색하며 내게 물었다.
"그게 무엇인가?"
"저에게 노모가 계십니다. 제가 이 일을 하는 동안 제 어머니를 돌봐주십시오. 그리고 고향에 저의 집이 잘 내려다보이는 조그만 산이 하나 있사옵니다. 산이 아니라 언덕이라 할 만큼 자그마한 곳이옵니다. 그 땅을 제게 주십시오."
그 언덕은 내 집을 완성시켜 주는 땅이었다. 내 집은 그 언덕의 끄트머리에 붙어있다. 거기서 아이들과 놀아주곤 했다. 가족들과 나누었던 시간이 많았던 곳이다. 그러나 이따금 거길 제집처럼 드나드는 사냥꾼들이나 보부상들이 있었다. 그런 이들이 내 영역에 작은 발자국 하나라도 침범하는 것을 용납할 수 없다. 가족들이 살던 집은 그 상태 그대로 온전해야 한다. 작은 풍경 하나도 포기할 수 없다. 내 땅이라는 것을 모두에게 널리 알려 남들의 발길이 닿지 않도록 하고 싶었다. 만약 내 영역 안에 들어오는 이들이 있다면 직접 처벌할 것이다. 기준을 충족하려면 그 언덕이 필요했다. 왕은 잠깐 먼 곳을 응시했다. 그에게 조그마한 땅을 내게 주는 것 같은 조건은 문제가 아니었다.

"그저 집이 적들에게 불타는 일이나마 없게 해주신다면, 그리고 저의 어머니의 안위를 보살펴주신다면 기꺼이 맡겠사옵니다."

"… 알겠다. 내 이 나라의 임금으로서 약조하마. 전란이 끝나면 너의 충심을 꼭 보답하마."

그의 말을 믿어도 되는 것일까? 나 같은 일개 무위에게마저 눈치를 보는 자의 말을 믿을 수 있을까….

"알겠습니다. 지금 바로 강화로 출발한 행렬에 합류하겠습니다."

이 나라에 전란의 기운이 드리우면 왕자를 포함한 왕자들은 강화도로 향하게 되어있다. 그간의 역사가 그랬다. 그러나 왕은 옅은 미소와 함께 한숨을 내쉬며 말했다.

"틀렸다. 그 아이는 강화로 가고 있지 않다."

"그렇다면 나리께서는…."

"내겐 누구보다도 그 아이가 중요하네. 자네가 지킬 그 아이 말이네."

나는 그제야 내가 궁궐에 불려온 이유를 짐작하게 되었다. 왕은 무언가를 숨기고 있었기에 관직에 있지 않은 내가 필요한 것이다. 그는 다른 의도가 있었다. 내게 자신의 은밀한 비밀을 안전하게 지켜주기를 바란 것이다.

"그 아이는 강화로 가고 있지 않다. 오랑캐들의 수군이 강해졌다는군. 이제 강화도 더 이상 안전하다고 장담할 수 없네. 자네는 내 아이를 데리고 최대한 남쪽으로 가게. 안전한 곳에서 숨어 상황을 지켜보다가 오랑캐들이 물러나면 아이를 내게 몰래 데려오게. 일행은 최소한으로 줄였으니 나보다 빠르게 안전한 곳에 도착할 게야. 지금 즉시 남문으로 가게. 그곳에 그 아이를 준비시켜 놓았으니 바로 출발하게."

"그렇다면 강화에 있는 이들은 염려가 되지 않으신 것이옵니까?"

왕은 나를 가만히 바라보았다.

"그 아이는 강화에 있어서는 안 되네."

그 말에 모든 의미가 담겨있었다.

"전하, 제가 책임지고 지키겠사옵니다. 부디 강녕하시고 혼란에 빠진 나라를 이끌어주십시오."

왕은 직접 용상에서 내려와 내 손을 잡으며 말했다.

"준비한 일행 말고는 아무도 믿지 말게. 그 아이가 내 아이라는 사실은 그간 비밀로 부쳐왔네. 아는 이가 매우 적지. 자네는 그 아이가 내 아이인 것을 그 어떤 이에게도 들키면 안 되네. 그것이 가장 중요해."

왕은 내 손을 더욱 부여잡으며 말했다.

"그 아이를 반드시 살려서 내게 데려와 주게."

눈보라가 휘날리는 와중에 구름 사이로 달이 아름답게 빛나고 있었다. 달빛은 은은하게 구름 사이를 뚫고 나와 궁궐을 밝혔다. 불이 꺼지지 않는 침소에는 잠 못 드는 왕이 있었고, 밖에는 떠날 채비에 정신없는 내관들과 궁녀들이 제 몸에 쌓이는 눈발도 신경 쓰지 못한 채 분주히 움직이고 있었다.

눈발은 점점 더 거세졌다. 달빛을 받아 새하얗게 빛나는 어여쁜 눈발…. 지금쯤이면 북방의 강들은 얼어붙었을 것이다. 적의 규모도 정확하게 파악이 안 되는 상황이지만 그들이 안전하게 건널 만큼 강이 단단히 얼었다는 것은 분명했다.

그럼에도 또다시 대신들은 그들 무리의 이익을 위해 뒤엉켜 싸웠을 것이다. 현실을 파악하지 못한 채 사대의 예를 부르짖는 이들이 있었을 테고, 그 자신의 목숨만을 소중히 여겨 바삐 남쪽으로 내려가자는 이들도 있었을 테고, 또 다른 전란을 피하기 위해 오랑캐의 발밑으로 들어가자는 이들도 있었을 것이다. 그들 대부분은 북쪽 오랑캐들을 제대로 마주하지 않은 자들일 것이다.

북쪽 오랑캐라…. 내가 마지막으로 보았던 그들에 대한 기억은 극악무도하고 단순한 이들이었다. 날카로운 검은 수염, 푸른 눈, 땋아 내린 뒷머리를 빼고 몽땅 밀어버린 머리, 망설이지 않고 내지르는 칼과 창 그리고 날아오는 도끼, 마치 가축과 한몸이라도 된 듯 짐승들을 다루는 능력까지. 그런 그들에게 사대의 예는 찾아볼 수 없었다. 오로지 목적을 이루기 위한 의지뿐이었다.

그들은 모자람이 있는 것이라면 약탈을 했고, 그들의 아이를 낳아줄 여인들이 부족하면 겁탈하였다. 그러다 목숨이 위태로우면 마치 잘못을 저지른 어린아이마냥 머리를 조아렸다.

규칙도, 예고도 없는 숱한 침범을 막기 위해 나는 자다가도, 끼니를 때우다가도 출정을 마다하지 않았고, 그들을 이 땅에서 내몰기 위해 셀 수 없이 죽였다. 쳐들어올 땐 마귀 같다가도 산 채로 붙잡히면 그들은 항상 죄를 뉘우치며 그 대가로 귀중히 여기는 것을 내놓았다. 하지만 그들이 아무리 소중한 것을 내놓아도 우리 군졸들이 입은 막심한 피해를 만회하는 것은 터무니없이 부족했다. 그러고도 아무 일 없던 것처럼 다시 쳐들어오기를 밥 먹듯 했다. 종잡을 수도, 가까이할 수도 없는 족속이었다. 그렇게 밤낮을 가리지 않고 괴롭혔던 오랑캐들이었다.

북쪽 오랑캐의 한 갈래도 이처럼 견뎌내기 벅찼다. 그런데 이제 그들의 모든 부족이 하나로 연합되어 요동과 요서를 휩쓸고, 고요하고 자그마한 이 골짜기 나라로 내려오고 있다는 것이다. 그들은 그들의 부족장, 병사들, 아낙들 그리고 심지어 갓난아기까지 모두 하나로 뭉쳐 이리 떼처럼 이동하곤 했다. 날랜 말을 이용해 유령처럼 기습하고 순식간에 사라지곤 했다. 반면에 우리는 임금과 그 대신들, 식솔들, 그 호위무사들까지 너무도 거대한 행렬을 이끌고 둔한 속도로 적들에게서 도망갈 것이다.

불과 몇 해 전까지 왜구와 싸우느라 약해지고 또 반란으로 규모가 축소된 북방의 병력들이 과연 임금이 도망갈 시간을 충분히 벌어줄 수 있을 것인가…. 지난번 오랑캐의 침입 때도 도망치듯 남쪽으로 후퇴한 관군들이었다. 그런 그들이 숨어있는 성곽에서 밖으로 나오기나 할 것인가…. 분명 적들은 조그마한 산성에 겁을 먹고 옹기종기 웅크리고 숨어있는 우리 병사들을 비웃으며 내려오고 있을 것이다. 우리에게 승산이 있기는 한 것일까….

생각이 여기까지 미쳤을 때 여인의 목소리가 나를 불렀다.

"여기입니다, 장군."

어느새 남문에 도착해 있었다. 어두운 밤이라 내가 어디까지 왔는지도 깨닫지 못했다. 문 앞에 나인 한 명과 내관 한 명 그리고 관노 하나와 말 한 필. 그게 전부였다.

서 있는 이들 모두 나를 경계하듯이 쳐다보기만 했다. 심지어는 하얀 콧김을 내뿜으며 서있던 말도 기이하게 보고 있는 느낌이었다. 그들은 모두 궐의 복식이 아니라 백성들이 입는 옷을 입고 있었다.

"이게 전부인가?"

그들이 나를 쳐다만 보고 있을 때 그들 중 나인이 나서며 말했다.

"예, 최대한 인원을 줄이라 명하여서…."

나인은 내 얼굴을 보고 망설이고 있었다.

"왜 그러는가?"

"제가 뭐라고 불러야 하옵는지…. 궐에서는 뵌 적이 없는 분이라…."

그들이 낯설어하는 것도 당연하다. 나는 지금 장수도, 병사도 아니다. 그 어디에도 속해있지 않다. 나는 무엇인가?

"호칭은 그냥 자네 편한 대로 부르게. 일단 나리께 인사를 드려야겠네. 어디 계신가?"

나인이 문밖을 가리켰다.

"남문 밖에 서 계십니다."

문밖으로 향하며 스쳐본 나인의 인상이 참 부드럽다고 생각했다. 마치 제 새끼를 따뜻하게 감싸주는 어미 소와 닮았다.

문밖으로 나서자 왕자는 홀로 눈을 맞고 있었다.

"나리, 전하의 명을 받고 나리의 남행을 호위하게 될 진영이라 하옵니다."

아이는 나를 바라보았다.

'아버지, 이제 오십니까?'

그 자리에 딸아이가 웃으며 묻고 있었다.

'나는….'

"… 게, 이보게."

딸은 사라지고 없었다. 앳된 얼굴이지만 일국의 무게를 짊어진 어린 사내아이만이 있었다. 그 무게를 아직은 가늠조차 못 할 어린아이였다.

"진영이라 하였는가?"

"… 예, 나리."

그 차가운 바람 속에서도 목구멍에서 끓어오르는 뜨거운 무언가가 간신히 말을 내뱉게 도와주었다. 딸은 죽었다. 나를 자주 괴롭히던 환영이었다.

"아바마마의 명에 따라 호위를 맡아주어 고맙네. 자네가 다치지 않고 잘 이끌어주길 바라네."

"제가 나리를 안전하게 모시겠습니다."

왕자의 목소리는 내 생각보다 더 어렸다. 딸과 아들을 마지막으로 보았을 때 저만치 커있었다. 전장에 나서느라 가족들을 자주 보지도 못했다. 그 사실이 나를 흔들었다. 아내는 홀로 두 아이를 지키다 세상을 떠났을 것이다. 죽기 전 얼마나 외롭고 두려웠을 것인지 그 와중에도 아이들을 달래고 있었을 아내…. 그 마지막의 고통을 내가 가늠이나 할 수 있겠는가? 그러나 더 깊게 생각해서는 안 된다. 이 생각은 나를 조금씩 갉아먹어 기어코 통째로 삼켜 해치울 것이다. 이들을 지켜야 왕에게 약조 받은 것을 얻을 수 있다.

왕자는 편전이 있는 방향을 향해 절을 올리기 시작했다. 어느새 쌓인 눈에 그가 절을 한 자국이 조그맣게 남았다. 그리고 그 자국을 눈송이들이 다시 채우고 있었다.

나는 내가 지켜야 할 사람들에게 다가갔다. 다들 춥고 스산한 기운에 이미 떨고 있는 것처럼 보였다. 그들은 아직 북쪽의 오랑캐들을 직접 마주친 적은 없었을 것이다. 궐로 불려오면서 지켜본 한양에는 공포가 엄습하고 있었다. 백성들은 다들 왜구를 피해 북으로 갔던 기억을 안고 이번에는 남으로 내려갈 준비를 하고 있었다. 피란을 가지 않았던 자들은 왜구에게 쌀과 곡식을 빼앗기고 코와 귀를 베였다. 북에서 오는 오랑캐라고 다르다고 생각하지는 않을 것이다.

"다들 주목하게. 우리는 적들이 오기 전에 서둘러 강을 건너야 하네. 나루에 배는 준비되었는가?"

"지금 나루로 가시면 건널 수 있을 것입니다."

하얀 의복을 입은 내관이 나서서 말했다.

"그렇다면 지금 바로 출발해야겠소. 다들 행낭은 차렸겠지."

막 떠날 채비를 하는데 호위대장이 병사들과 문 앞으로 다가왔다. 병사들이 들고 있는 불빛에 그의 손이 밝아졌다. 잔 상처로 가득한 손은 그가 숱한 싸움을 해온 자임을 짐작하게 했다.

"호위대장 김선일세. 다들 준비는 되었는가?"

"인원이 적어 다들 금방 끝마친 것 같소."

"다행이군. 속도가 중요할 것일세."

그가 성곽 위의 병사들에게 손짓하며 외쳤다.

"외곽 방비를 강화하라!"

팔도에서 제일가는 이들로 뽑힌 병사들의 어깨에 이미 두려움이 내려앉은 것처럼 보였다. 병사들이 주변으로 흩어지는 것을 보고 호위대장이 내게 마패와 무기를 내밀었다. 검과 단도, 활 이렇게 세 가지웠다.

"이야기는 들었네. 힘든 여정을 각오해야 할 걸세."

호위대장은 고개를 들어 하늘에서 내리는 눈을 바라보았다.

"저도 전란에 참가했습니다. 그 정도는 다 알고 있습니다."

그가 빙긋 웃으며 말했다.

"자네는 그때 전장에서 싸우고 있었지. 한양에 있지는 않았으니…."

그는 나와 무언가 다른 걸 경험한 것이었다.

"차라리 전장에 있었더라면. 그게 더 나았을 거란 생각이 들더군."

그가 나를 지긋이 바라보며 말했다.

"도성 밖에 나가서부터는 조심하게. 물론 안이라고 별반 다를 것은 없을 테지만."

나는 굳이 대답하지 않고 내 일행에게로 갔다.

"이제 출발하지."

내가 앞장서고, 내관이 왕자가 탄 말의 줄을 잡고 이끌었다. 그 뒤로 일행들이 나를 따랐다. 호위대장은 뒤에서 홀로 멀어지는 우리를 지켜보고 있었다. 한 오백 보쯤 걸었을 때 힐끔 뒤돌아보니 그는 사라지고 없었다.

구름이 달빛을 가렸다. 눈보라가 더 거세게 불기 시작했다. 한양의 백성들은 다들 저마다 바삐 움직이고 있었다. 어떤 이들은 곡식을 땅에 묻고, 어떤 이들은 옷가지를 챙기고, 어떤 이는 가마솥을 두고 실랑이를 벌였다. 혼란을 틈타 물건을 훔치는 자가 보였다. 집 안의 사내는 몽둥이를 휘두르며 도둑에게 달려들었고, 이가 다 빠진 주름 가득한 늙은이가 마루에 앉아 그 광경을 물끄러미 보고 있었다. 평소라면 어둡고 고요한 밤이었을 한양이 뜨겁게 밝아지고 있었다. 불이 나고 있었다. 곳곳에서 불빛이 솟아올랐다. 하지만 그 누구도 불을 끄려는 자가 없었다.

왕자가 고삐를 멈추었다.

"왜 그러십니까, 나리?"

"아바마마께서는 무탈하신 거겠지?"

처음으로 불빛 아래서 제대로 본 왕자의 얼굴에는 상처가 있었다. 왼쪽 뺨에 화상 자국이 뾰족하게 드러났다. 상처에 나도 모르게 시선이 가는 순간 겁에 질린 어린아이가 내게 다시 물었다.

"아바마마께서는 무탈하신 건가?"

나라의 미래가 아닌 그저 부모의 품에 안기고 싶은 아이가 나에게 묻고 있었다.

"알고 계시겠지만 나리는 나리의 안위만 걱정하시면 되옵니다. 전하께서는 이 나라 최고의 무위들이 곁을 지키실 터이니 염려치 마십시오."

궁궐이 있는 쪽에서 큰 함성이 터져 나오는가 싶더니 불빛이 번져 나갔다. 궁이 불타고 있었다. 이 나라의 근간이 불타고 있었다. 왕이 수도를 버리고, 백성을 버리고 또다시 무능하게 도망친다는 사실을 모두가 알고 있었다. 분노한 백성들이 불을 지른 것일까, 아니면 겁에 질려 허둥대다 불을 낸 것일까? 왕자의 표정이 창백해졌다.

"나리, 전하는 무탈하실 것이옵니다. 안전하게 남쪽으로 가는 데만 집중하시지요."

내관이 나서며 말했다.

"무위가 한 말이 맞사옵니다. 전하께서는 무탈하실 테니 어서 이동하시지요."

겁을 먹은 꼬마 아이가 고개를 푹 숙였다. 눈짓을 하자 내관이 왕자가 탄 말을 이끌었다. 사실 왕에게 정말 아무 일도 없는지는 알 수 없었다. 그저 한시라도 바삐 내려가기 위한 거짓말이었을 뿐⋯. 나는 그저 내 가족과 살던 마을이 궁궐처럼 불타고 있지 않기만을 바랄 뿐이었다.

한 시진쯤 걷자 나루가 보이기 시작했다. 칠흑같이 어두운 밤이었지만 땅에서 일어나는 진동으로 인파를 느낄 수 있었다. 벌써부터 강을 건너려는 자들이 즐비했다. 횃불을 든 병졸들이 여기저기 뛰어다니고 있었고, 아낙들의 탄식과 아기들의 울음, 비명이 들려왔다. 눈보라가 휘날리는 와중에 수많은 자그마한 나룻배들이 살얼음을 깨부수며 남쪽으로, 남쪽으로 나아가고 있었다. 말 위에 올려놓았던 검을 내리고 뒤에서 따라오던 내관에게 물었다.

"이제 어디로 가야 하오? 강을 건너기로 약조한 곳이 있을 것 아니오."

내관은 검집을 꽉 잡은 내 손을 걱정하는 듯이 바라보며 말했다.

"송파나루의 네 번째 나루터에 가면 어영청 병사들이 기다리고 있을 것이라고 했습니다."

주변을 살펴보았지만 이 아수라장 속에서 그들을 찾기는 역부족이었다. 네 번째 나루터라고 들었으나 여러 나루가 불에 타고 있었다. 내관이 내 팔을 잡으며 속삭였다.

"장군, 이제부터 무엇보다 중요한 것은… 나리가 전하의 핏줄이시라는 것을 들켜서는 안 됩니다."

"잘 알고 있소. 그것보다 시급한 것은 강을 건너는 것이오. 어영청 병사들과 따로 약조하거나 말을 나눈 것은 없소?"

내관이 걱정스러운 눈빛으로 나를 바라보며 말했다.

"원래 나루의 입구에서 그들이 파란 두건을 두르고 횃불을 들고 기다리고 있기로 하였습니다. 헌데 다들 어디에 있는 것인지…."

결단을 빨리 내려야 한다. 여기서 기다리기로 한 이들에게 그들이 기다리는 이가 왕자라는 사실이 알려지지는 않았을 것이다. 궐내의 무사들마저 겁에 질렸는데 하물며 어영청 병사들이라고 다를 것인가. 어서 강을 건너야 했다. 근처의 아무 배나 훔쳐서라도 건너지 않을 수 없다는 판단을 내렸다. 나인에게 다가갔다.

"자네는 이름이 무엇인가?"

그녀는 겁먹은 아이를 살피며 말했다.

"이 나인이라고 합니다."

"이름은 어떻게 되는가?"

"희진이라고 합니다."

"그렇다면 이제부터 자네를 나인이 아니라 내 처로 칭하겠네. 나리께서는 정체를 들켜서는 아니 되니."

내관과 딸려온 관노에게도 말했다.

"내관께서는 이제부터 제 아버지이십니다. 그리고 그대는 이 일행의 시종인 양 행하게나."

그러자 둘은 아무런 거부감 없이 고개를 끄덕였다. 나는 왕자에게 다가가 말했다.

"나리, 지금부터 제가 나리를 지키기 위해서 무례를 범하겠습니다. 나리가 제 아들인 양 말과 행동을 달리하겠사옵니다. 나리의 존재를 그 누구에게도 들키면 아니 되옵니다."

왕자는 겁먹은 표정으로 고개를 끄덕였다. 아직 너무나 어린 그에게는 궐 밖의 모든 상황이 낯설 것이다.

눈앞에 가장 가까이 있는 배에 실랑이를 하는 이들이 서넛 보였다. 그들에게 다가가도 내 기척을 모르고 서로 싸우기 바빴다. 힘으로 저들에게서 빼앗아야 하는 것인가.

사람이 많으면 소란이 날 수도 있다. 다른 곳으로 눈을 돌렸다. 아수라장에서 벗어난 저 멀리에 자그마한 배가 한 척 있었다. 한 늙은 이가 홀로 나룻배의 동아줄을 풀고 있었다. 뒤편의 사람들은 싸우느라 여전히 정신이 없었다. 나는 칼을 꺼내 들었다. 칼이 달빛에 반짝였다. 늙은 사공에게 다가갔다.

"강을 건너려고 한다. 강 건너로 데려다줄 수 있겠느냐."

사공은 내 칼을 흘깃 쳐다보았다.

"제 가족이 금방 여기로 올 것인데…."

"값은 후하게 쳐주마."

"값이 문제가 아닙니다, 나리. 소인에게는 어린 손주가 있습니다. 아이를 데리고 얼른 내려가야 합니다."

그의 목에 칼을 들이밀었다.

"강 건너로만 데려다준다면 다시 손주를 볼 수 있게 해주마."

사공은 순식간에 다가온 칼날에 그 자리에서 얼어붙었다. 뒤에 있던 내관에게 손짓을 하자 그와 나인이 왕자를 이끌고 배에 올라탔다.

"강 건너로 우리를 옮겨다 주게."

"삯은 주시는 겁니까? 나리."

사공은 내 칼의 서늘한 날을 보면서도 떨리는 목소리로 말했다.

"삯은 목숨값이다. 목숨만큼은 건사하게 해줄 테니 어서 노를 젓거라. 그렇지 않는다면 목이 남아나지 않을 것이다."

그러자 왕자가 일어나 내게 말했다.

"이보게…."

"아무 말도 하지 말거라."

왕자는 당황한 기색을 보이다 이내 풀이 죽어 다시 앉았다. 사공에게 다시 한 번 칼을 보이자 그는 한숨을 내쉬며 주름 가득한 손으로 줄을 풀고 배를 젓기 시작했다.

배가 살얼음을 천천히 깨부수며 앞으로 나아갔다. 눈보라와 차가운 강바람에 살이 어는 듯했다. 저 사공 또한 제가 지켜야 할 소중한 무언가가 있다. 내 아들의 자격으로 앉아있는 저 아이가 다른 이들보다 더 귀중한 목숨일까?

하지만 그렇다고 믿어야 한다. 내게는 의무가 있다. 나는 명령을 받은 게 아니라 거래를 한 것이다. 내 집…. 막상 가족이 죽고 나서는 한 번도 제대로 들어가 보지 못한 그 집…. 다 늙은 어머니 홀로 지키고 계시는 그 집을 온전히 지켜내려면, 얄팍한 땅을 받아내려면 저 조그만 아이를 반드시 살려야 한다. 이 전란이 끝날 때까지.

배가 강의 건너편에 닿았다. 건너편은 강 북쪽만큼은 아니지만, 꽤 많은 이들이 움직이고 있는 것이 불빛으로 느껴졌다. 이들 모두 어떻게든 살길을 찾아 움직이고 있는 것이다. 호위대장의 말이 떠올랐다.

전란에 위급하지 않은 곳이 어디 있겠는가.

"떠나올 때 나루에 묶어놓은 말이 있을 것이다. 그 말은 네가 가지거라. 값이 나가는 말이니 유용하게 쓰일 것이다."

"말은 오히려 짐만 될 뿐이오. 이런 작은 배에는 태울 수도 없소."

사공에게 몇 안 되는 동전을 건네자 못마땅한 표정으로 받고는 다시 건너편으로 배를 몰았다. 내관은 그 모습을 가만히 바라보았다.

"아버님, 저희는 이제 도성 남문으로 가야 합니다. 다른 군졸들을 기다릴 수는 없습니다."

내관이 망설이다 말했다.

"자네 말대로 하게. 허나 이곳을 쉬이 빠져나갈 수 있겠는가? 이 인파에 우리 손주가 다칠까 염려되네만."

그의 걱정은 합당했다. 호위 병력 없이 인파를 뚫고 나가기는 쉽지 않아 보였다. 하지만 그들을 찾거나 기다리기엔 시간이 지체된다. 그들을 믿을 수는 없다. 내관의 옆에 붙어서 걷고 있던 관노에게 이름을 물었다. 노비는 내게 종쇠라고 대답했다. 나는 그에게 내가 가지고 있던 단검을 쥐어주었다.

"종쇠, 이제부터 우리 가족의 뒤에 붙어서 지키거라. 우리와 다섯 보 이상 떨어져서는 아니 된다. 혹여나 수상하거나 위태로운 이가 붙는다면 그때는 내게 고하지 말고 가차 없이 칼을 놀리거라."

종쇠는 고개를 끄덕이며 칼을 허리춤에 넣었다.

"칼은 계속 들고 있어야 한다. 남문에 도착할 때까지 절대로 긴장을 놓아서는 안 된다."

종쇠가 황급히 허리춤에 넣은 칼을 다시 꺼내다가 떨어뜨렸다. 종쇠는 나의 눈치를 보며 재빨리 칼을 주웠다. 관아나 궐에 소속된 관노들은 대개 힘이 셌다. 비록 미숙하기는 하나 적어도 이 가족 중에서는 나 다음으로 가장 칼을 다루기로 마땅한 이가 될 것이다.

"다들 잘 들으시오."

모두 나를 쳐다보았다.

"도성 남문까지는 두 시진 정도는 걸릴 것이오. 물론 피로할 것이오. 그러니 더욱 정신을 바짝 차려야 할 것이오."

왕자를 똑바로 바라보며 말했다.

"아들아, 힘에 부치는 길이 될 것이다. 반드시 정신을 차리고 있어야 한다."

아이는 겁먹은 눈으로 고개를 끄덕였다.

"저기 장군…."

내가 인상을 지으며 돌아보자 나인이 얼른 말을 고쳤다.

"송구합니다. 아들의 손이 얼었습니다. 잠시만이라도 아들에게 불을 쬐게 하면 안 됩니까?"

"부인. 춥고 고되겠지만 남문까지는 마음을 굳게 먹어야 하오. 다 우리 아이를 살리기 위해 하는 일이니 이해해야 하오. 부인, 북쪽 오랑캐는 왜구보다 더더욱 날래고 인정이 없는 족속들이오."

나인은 잠시 머뭇거리더니 가까이 다가와 내 손을 잡았다. 그녀의 손은 몹시 차가웠다. 나인은 나지막이 말했다.

"여보, 우리 아들… 반드시 살려야 합니다."

"… 알았소."

제 손이 더 차가우면서….

남문을 향해 다들 걷기 시작했다. 지금은 축시다. 적어도 동이 터 올 때까지는 남문에 도착해야 한다. 도망가는 왕을 잡아야 전란이 끝난다는 것을 북쪽 오랑캐들도 알고 있을 것이다. 지난 전란 때 왜구들이 당황했던 것이 그것이었다. 수도를 점령하면 전란이 끝날 줄 알았던 것이다. 제 놈들의 미개한 전통대로 우두머리가 머리를 숙이고 나와 스스로 배를 가르며 나라를 통째로 넘길 줄 알았던 것이다. 하지만 왕은 백성을 버리고 북으로 달아났고, 속았던 왜구들은 그제야 추격을 시작했다. 그러나 의병들이 각지에서 일어났다. 결국, 오랜 싸움 끝에 왜구들은 지쳐 저희들 섬으로 달아났다.

그 싸움을 가만히 지켜보며 세력을 키워왔던 북쪽 오랑캐들은 땅이 목표가 아니라 왕을 잡기 위해 내려올 것이다. 왕을 잡아야 전란이 끝난다. 왕을 잡아야 이 나라를 먹는 것이다. 심지어 오랑캐들은 이미 한번 대군을 이끌고 이 나라를 침략한 적이 있다. 그때도 왕은 달아났었고, 오랑캐들은 싸움이 길어지자 후방이 두려워 화친을 들이밀며 물러났었다. 왕은 도망간다는 것을 너무나 잘 알고 있기에 그들은 자기들 기병을 몰고 재빨리 내려올 것이다.

저 치들이 우리의 영토를 약탈하며 근명해 나가던 시절에도 그들은 우리 군졸들에게 버거운 존재들이었다. 날랜 말을 타고 순식간에 빼앗고 훔치고 죽이고 달아났다. 그런 그들이 중원을 장악할 정도로 커졌다면…. 그렇기에 그들의 속도보다 앞질러 남으로, 남으로 내려가야 한다. 이 사실을 아는지 모르는지 그저 겁먹은 한성의 수많은 백성은 저번 전란의 아픔을 기억하며 남으로 내려가고 있었다. 어쩌면 저번 전란보다 더 고된 시간이 될 것이다. 과연 이들 모두를 왕은 살릴 수 있을까?

나루에 가면서 보았던 풍경처럼 남쪽에서도 곳곳에서 불길이 연신 피어오르고 있었다. 역시나 불을 피운 것인지 불이 난 것인지는 모른다. 왜구와의 전란 그리고 지난 오랑캐들의 침략 이후로 한성의 밤이 이렇게 밝아진 것은 처음일 것이다. 동이 트면 새까맣게 탄 건물들이 숱하게 보일 것이다. 전란이 끝나면 그 집들은 누군가 때려 부수거나 원래 주인에게서 빼앗거나 아니면 다시 지을 것이다. 내 고향은 지금 이 순간 이곳과 달리 평온한 밤을 보내고 있겠지.

그 평온한 시간이 유지되기만을 간절히 바랄 뿐이다.

"다들 떨어지지 마시오!"

인파에 밀려 서로가 멀어지고 있었다. 수많은 이가 서로 부닥치며 앞으로 나아가려고만 했다. 이대로는 안 된다. 오십 보쯤 앞에 횃불을 든 이가 서있었다. 저자의 불을 빼앗아야 한다. 인파를 나아가는 데 횃불만 한 것은 없다. 사람이나 짐승들이나 모든 살아 숨 쉬는 생명은 불을 무서워하는 법이다. 사람들을 밀치며 앞으로 나아갔다. 자세히 보니 어영청 병사였다. 어쩌면 우리를 기다리고 있어야 했던 병사 중 하나일지도 모른다.

"너의 지휘관이 어디 있느냐?"

"장군께서는 불을 끄는 것을 지휘하고 있소. 당신은 누구시오."

나는 말없이 궐에서 받은 마패를 보였다. 그는 나와 내 뒤의 일행을 보더니 고개를 끄덕였다.

"따라오시오. 장군께 안내하겠소."

나는 일행에게 꼭 붙으라고 말했다.

"길을 비키시오!"

어영청 병사는 횃불을 휘두르며 앞으로 나아갔다. 인파가 두 갈래로 천천히 벌려졌다. 여러 초가지붕에 불이 붙어있었다. 그를 따라가자 관아에서 물을 길어오는 군졸들이 여럿 보였다. 다들 잽싸게 여기저기로 뛰어다니고 있었다. 모두들 얼굴이 까맣게 그을린 채 불을 끄고 있었다. 하지만 매섭고 강한 눈바람에 불은 쉬이 잡히지 않고 있었다. 불이 난 집들을 지나 골목 어귀를 돌아 나오자 말을 탄 장수가 보였다. 군졸이 아뢰자 그가 우리를 보며 말했다.

"이들은 누구인가?"

군졸이 대신 말했다.

"궐의 마패를 들고 있던 자입니다."

그자에게 마패를 보였다. 그는 마패를 보고 나와 일행을 훑어보았다. 우리가 궐의 어느 높은 관리나 양반의 자제나 시종들인 것으로 알고 있을 것이다. 지금부터 저 뒤에 있는 아이가 왕자라는 사실을 알고 있는 이는 없을 것이다. 그러니 다른 이들이 탐탁지 않아 하는 눈빛을 보이는 것은 당연하다.

"미안하오. 나루에 기다리고 있으라는 명령은 받았으나 민가에 번진 불을 끄는 것이 시급했소. 우리 병사들이 제때 도착하지 못했나 보오."

"나루에 병사들은 보이지 않았소."

"제때 도착하지 못했구려. 미안하오. 이 병사를 따라가면 남쪽으로 퇴각하는 병사들이 있을 터이니 그들의 호위를 받으면서 내려가시오."

"퇴각하는 마당에 불을 끄는 것이 중요하오?"

그는 피곤한 목소리로 내게 말했다.

"지금 한성의 화포들을 도성 밖으로 옮기는 중이오. 화약들이 있는 곳까지 불이 번지는 것을 막아야 하오."

나는 그가 백성들의 안위를 위해 화재를 진화하는 줄 알았으나 결국 자신들의 안위를 위해 불을 끄고 있는 것이었다. 잠시나마 내 앞의 장수에게 그만의 양심과 그 마음을 지탱하는 신념이 있는 줄로 착각하였다. 그런 충직한 군인들은 지난 반란과 전란이 끝나고 모두 죽었다. 죽지 않았다면 변했다. 내가 잠시 낭만적인 상상을 한 것이다. 저자는 그저 무기를 지키기 위해, 상관에게 화를 당하지 않기 위해 불을 끄고 있는 것이다. 화약고로 향하는 길목에 있는 집들이 아니라면 불은 끝끝내 태울 수 있는 모든 것을 검댕으로 만들고 멈출 것이다. 화약고로 향하는 길목에 있는 집이라도 군졸들이 불을 꺼주는 것에 일희일비할 일이 아니다. 어찌 되었든 오랑캐들이 짓밟고 지나올 집들과 길들이다.

"화포를 옮긴다는 것은 한양을 완전히 버리는 것이오?"

"한양을 지키는 병사들 모두 퇴각하라는 명령이 있었소. 남한산성으로 퇴각해 남도의 속오군들과 합류할 것이오."

그는 내게 귀찮다는 듯이 말했다.

"어서 저 병사를 따라가시오. 따라가면 도성 밖으로 퇴각하는 병사들을 지휘하는 장수가 있을 것이오. 언질을 주지는 않았으나 그에게 마패를 보이면 남한산성까지는 안전하게 갈 수 있을 것이오."

"… 고맙소."

그는 내게 눈길 한 번 안 주고 바로 불길을 잡는 병사들에게로 가버렸다. 우리를 데려다주기로 한 병사가 말했다.

"저를 따라 이쪽으로 오시지요."

"그래, 안내하거라."

일행들에게 눈짓을 하자 내 뒤로 바짝 붙었다. 왕자는 나인이 제어미라도 되는 양 꼭 붙어있었다. 그들 모두 눈빛에 겁이 가득했다. 나인은 애써 내색하지 않고 왕자에게 듣기 좋은 따스한 말들을 귀에 속삭여주며 달래고 있었다.

매캐한 냄새를 뒤로하고 병사를 따라갔다. 그를 따라가면서 뒤에 있는 내관에게 물었다.

"다행히도 남한산성까지는 무사히 도착할 것 같소. 헌데 그 이후에는 어찌해야 하오?"

그가 목소리를 낮게 깔며 말했다.

"전하께서는 아무런 지시도 없으셨소. 궐에서 나온 순간부터 오로지 장군의 재량이었소."

그 말을 듣자 할 말이 없어졌다. 참으로 답답한 자다. 어떻게 보면 대담하다고도 볼 수 있을 것이다. 한 나라의 군왕이라는 자가 자기 아들 하나 믿고 맡길 이들이 없었다. 이 네 명이 저 아이를 지키기 위한 전부라니. 심지어 그중 무관은 나 한 명이다. 왕이라는 작자는 관직에 있지도 않은 주정뱅이에게 도박을 건 것이다.

여기까지 생각이 미치자 문득 잊고 있던 사실이 떠올랐다. 그는 적어도 자식을 지키려는 노력을 했다. 나는 노력도 하지 못했다. 가족들을 구원하기는커녕 그들이 죽어가는지조차 모르고 전선에서 싸우고 있었다. 정작 내 아이도 구하지 못했으면서 남의 아이를 구하는 임무를 맡고 있다. 이 사실이 내 가슴을 집요하게 괴롭히고 있다. 얼굴이 화끈거렸다.

나는 저 무능한 임금보다도 못한 자인 것이다.

"장군."

내관이 내 팔을 붙잡았다.

"왜 그러시오?"

"손을 심하게 떨고 있소."

그의 말을 듣고 보니 손이 떨리고 있었다. 전란 이후 고향에서 매일같이 술을 마셔댔다. 슬픔을 잊을 만큼. 매일같이 술병을 든 채 산속에서 소리를 지르고 구르고 넘어지고 깨지고 토악질 반복했었다. 그러다가 몸에 상처라도 나면 그 상처를 보고 위안이 되기도 했다. 허나 그것도 잠시였다. 그런 생활이 반복되면서 술에 취해 있지 않을 때면 손발이 떨려왔다. 특히, 아내와 아이들 생각을 할 때면 더더욱 심하게 떨리곤 했다. 그걸 멈추기 위해, 잊기 위해 다시 술을 마셔댔었다.

"따뜻한 남쪽에서 몇 해 지내다 보니 아직 추위에 적응이 안 되었나 보오. 하얀 눈을 보는 것도 오래간만이오."

"겨울이 깊어가고 있소."

내관은 불안한 눈빛으로 내 손을 바라보았다.

"걱정하지 마시오. 본디 몸이 차가운 체질이라 이런 말을 자주 들었소."

병사는 우리의 말이 들릴 만큼 가까이 있었다. 그에게 들리지 않을 만큼 거리를 벌린 후 내관에게 말했다.

"내관께서는 나리나 잘 챙겨주시오."

"… 알겠소."

내 말을 듣고 나서 그는 다시 왕자의 옆으로 가버렸다. 왕자와 나인, 내관 이 셋은 서로 가까이 붙어있었다. 나는 저들이 어떤 연유로 이 일에 들어오게 된 것인지 궁금해졌다. 이렇게 중대하고 막중한 비밀과 의무를 맡길 정도면 분명 궐에 몇 남지 않은 임금의 사람들일 것이다.

"다 왔습니다."

생각에 잠겨 걷다 보니 어느새 주변에 병사들이 늘어나 있었다. 짐들을 나르고 있는 병사들은 모두 어떠한 무거운 기운에 짓눌려있는 것처럼 보였다. 그들은 몹시 피로해 보였다.

"이곳의 지휘관은 어디 있느냐?"

"병장기를 실은 수레들이 나오는 곳으로 가시면 거기 계실 것입니다."

"고맙다. 조심하거라."

병사는 고개를 숙여 인사를 하고 왔던 길로 다시 달려갔다.

"병사들이 있어도 마음을 놓지 마시오. 언제 무슨 일이 생길지 모르니."

내관이 주위를 살피며 말했다.

"관군들과 함께 있는데 별일이 있겠소?"

"이들은 우리가 누구인지 모르오. 이들을 믿고 막연히 기대서는 안 될 것이오."

말을 들은 아이의 표정이 창백해졌다. 나인은 왕자의 풀어진 겉옷을 다시 매듭지어주었다. 왕자는 궐에서 출발한 이후부터 말이 없었다.

"일단 여기서 기다리시오. 지휘관을 만나고 오겠소. 종쇠야, 긴장을 풀지 말고 있거라."

종쇠가 고개를 끄덕였다.

수레들이 나오는 관아에 초관이 서있었다. 그에게 다가가자 주변의 기총들이 나를 막았다.

"너는 누구냐?"

그에게 마패를 보였다.

"궐의 명령을 받들고 있는 중이오. 나와 같이 온 이들을 무사히 남쪽으로 보전해야 하오."

그는 마패를 받아 유심히 바라보았다.

"그렇다면 밀지가 있겠지. 밀지를 내어놓거라."

당황스러웠다. 나는 밀지를 받지 않았다.

"밀지를 따로 받은 적은 없소. 마패를 들고 가면 호위해 줄 것이라 들었소."

그가 말했다.

"믿을 수 없다."

"이미 위에서 명령이 내려왔다 들었소."

"나는 그런 명령은 받은 적 없다."

"허나 사실이오. 나루 건너에서 만난 장수도 우리를 알고 있었소.

지금 우리를 보내주지 않는다면 불복에 대해 훗날 큰 화를 당할 것이오."

그는 웃으며 말했다.

"주변을 보아라. 큰 화는 이미 당하고 있는 중이다. 이자의 무기를 빼앗고 같이 온 이들을 보내주지 말거라. 확인되기 전까지는 보내줄 수 없다."

그러자 내관이 나서서 말했다.

"우리는 궐에서…."

"듣기 싫다. 이자들을 가두거라."

마패와 무기를 그자에게 빼앗긴 채 다른 이들과 같이 관아에 갇혔다.

그자가 한 말이 아주 틀린 말은 아니다. 분명 마패 하나 가지고 병사들의 호위를 제공하고 우리의 편의를 들어주기에는 미심쩍은 구석이 있다. 그러나 그저 쫓아버리면 될 것을 가둬놓는 것은 수상하다. 설마 일행을 쫓는 이들이라도 있는 것인가? 지금으로써는 아무것도 알 수 없고 아무것도 믿어서는 안 된다. 어떻게 되었든 때 아닌 낭패다. 이렇게 시간이 지체되면 안 된다. 날이 밝으면 늦을 수도 있다. 우리 군사들이 성곽에서 나아가 싸우지 않는다면 적병은 이미 도성 근처까지 내려왔을 수도 있다. 지난 반란으로 북방의 정예군은 소멸되었다. 그런 오합지졸들이 매서운 오랑캐와 제대로 붙어볼 것이라고는 믿기 힘들다.

"장군, 이런 일이 생겨 송구하오. 내가 내관으로서…."

"내관의 잘못도 아니고, 그 누구의 잘못도 아니오. 저 장수의 잘못도 아니오. 차라리 잘되었소. 지금 쉬고 날이 밝으면 출발하는 게 나을 수도 있을 것이오. 잠시나마 눈이라도 붙이시오."

왕자는 낯선 곳에서도 자연스레 나인의 품에서 새근새근 자고 있었다. 종쇠는 구석에 앉아 벽에 기대 꾸벅꾸벅 졸고 있었다. 그러나 내관은 눈을 감지 않았다. 그는 바깥의 눈보라를 바라보고 있었다.

"내관은 어떠한 연유로 이 일에 나서게 되었소?"

"나리께서 나실 때부터 옆에서 나리를 보필해 왔소."

"그럼 다른 이들도?"

"저 나인도 나와 함께 나리가 태어나신 순간부터 나리만을 지켜봐 왔소. 그리고 저 노비는 관노 중에서 가장 힘이 세다고 들었소. 아마 그래서 같이 온 것일 것이오."

"전하께서 내관과 나인에 대한 믿음이 깊은가 보오."

그러자 내관은 쓴웃음을 지었다.

"장군께서는 어떤 연유로 나서게 되었소? 그간 궐에서 봬온 적은 없는 분이오."

"… 그저 어명을 받았을 뿐이오. 그뿐이오."

내관은 잠시 말을 잃었다.

"장군은 충심으로 나선 것이 아니오?"

"더 이상 장군이라고 부르지 마시오. 관직에 있지도 않을뿐더러 우리의 정체가 드러나서 좋을 것이 없소. 이제부터는 아까 말한 대로 호명하시오."

"… 알겠네."

내관은 내게서 등을 돌렸다. 아마 나를 경멸할 수도 있을 것이다.

어쩌면 나를 불신할 수도 있을 것이다. 여차하면 이들을 버리고 도망칠 자로. 하지만 저들이 어떻게 생각하든 상관없다. 나는 전란이 끝날 때까지 어떻게든 저 아이만 살려서 왕에게 데려가면 된다. 그럼 온전한 고향 집에 돌아가 정신이 오락가락하는 어머니를 돌봐드릴 것이다. 그간 불효자였던 과거를 씻을 것이다. 그리고 내 땅이 된 산도 열심히 가꿀 것이다. 그 산에는 아내가 좋아하던 앵두꽃이 자주 피어나곤 했다. 꽃이 피면 꽃을 따다가 아내가 살던 방과 돌담을 꾸며줄 것이다. 자식들이 좋아하던 토끼를 잡아다가 집에 풀어줄 것이다. 그렇게 집을 지켜보다가 홀로 외로이 죽을 수 있다. 그거면 되었다.

고향으로 돌아가는 생각을 했더니 차츰 피로가 몰려온다, 생각해보니 고향에서 도성으로 끌려오면서 제대로 잠을 이룬 적이 없었다. 눈이 점점 감긴다. 정신이 희미해져 가는 가운데 이대로 영원히 눈을 감고 싶다는 생각이 든다.

눈을 떴다. 내 옛집으로 돌아와 있었다. 주위를 둘러보니 방문은 모두 활짝 열려있었고, 집 안에는 그릇들과 베개, 이불들이 아무 데나 나동그라져 있었다. 집 안에는 아무도 없었다. 바깥을 바라보니 하늘이 시뻘건 붉은 빛으로 물들어있었다. 하늘에서부터 내 마음까지 불안하고 두려운 기색이 엄습했다.

바깥에서 비명과 통곡이 함께 들려왔다. 일어나서 바깥으로 나가려고 했지만 나갈 수 없었다. 그저 나갈 수 없었다. 어떤 기운이 나와 문 사이를 가로막고 있었다.

"아무도 없느냐?"

소리쳐보았지만 아무 대답도 돌아오지 않았다. 바깥에서 다시 소리가 들렸다. 아내가 짐을 잔뜩 등에 멘 채로 내 딸과 아들의 옷매무새를 정리해 주고 있었다. 내 아이들은 울고 있었다. 그들의 뒤로는 제각각 살길을 찾아 도망치는 사람들이 보였다.

"부인!"

아내는 내 소리를 듣지 못했다. 나는 필사적으로 나가려고 했지만, 나갈 수 없었다. 그녀는 아이들을 두껍게 입히고는 손을 잡고 떠나려고 했다. 소리쳐 불렀지만, 그들은 내 소리를 듣지 못했다. 긴 칼을 든 왜구가 마당으로 들어왔다. 내 아내에게 아이들을 가리키며 손가락질을 하며 고성을 지르더니 칼을 꺼내 들었다. 아내는 부엌칼을 꺼내 들고 저항했다. 그러나 그녀는 왜구의 칼에 이내 힘없이 쓰러졌다.

"부인!"

나는 집 안에서 무력하게 절규했다. 아이들은 울면서 어미 곁으로 달려갔다. 화살이 날아왔다. 내 딸아이의 가슴에 박혔다. 나는 피눈물을 흘리며 비명을 지르고 있었다. 딸아이는 화살이 박힌 채로 고개를 돌려 나를 바라보았다. 나와 눈이 마주쳤다. 딸은 화살을 손가락으로 가리켰다. 그리고 나를 바라보았다. 또 다른 화살이 날아와 아들을 맞혔다. 아들은 화살을 맞고 풀썩 쓰러졌다. 딸아이는 멍한 표정으로 선 채로 박힌 화살을 바라보았다. 그리고 나를 다시 바라보았다. 그러나 이내 딸도 쓰러졌다. 나는 아무것도 할 수 없었다. 나는 소리를 마구 질러댔지만, 그 누구도 내 소리를 듣지 못했다.

유배자

"저 과녁을 향해 쏘아보게."

열 해가 넘어가도록 유배지에 갇혀있었다. 얼마나 세월이 흘렀는지
도 이제는 가늠이 되지 않았다. 그러던 어느 겨울날 장정들이 들이
닥쳐 나와 함께 유배당한 부하들을 이곳으로 끌고 왔다. 주변을 살
펴보니 칠흑 같은 어둠 속 눈이 가득 덮인 산속이었다.

밤새 달리고 달려 끌려온 내게 어둠 속의 누군가가 활을 쥐여주며
과녁을 맞혀보라고 말했다.

"왜 그래야 하는지 연유를 말해 주시오."

"자네의 인생이 걸린 문제라고 말해 두겠네."

그는 내게 말했다.

"저 과녁과 내 인생이 무슨 연관이 있는 것이오?"

어둠 속에 숨어있는 자는 웃으며 말했다.

"자네의 화살이 저 과녁을 꿰뚫는다면 자네가 유배지에서 풀려날

지도 모르는 일이지."

떨떠름하게 활을 잡았다. 무슨 일인지 가늠이 되지 않으면서도 일단 과녁을 겨냥했다. 과녁은 달빛조차 희미한 밤이라 어둠 속에서 제대로 보이지도 않았고, 너무도 멀리 있었다. 나는 본디 활을 쏘는 데 소질이 있었다. 그러나 마지막으로 활을 잡은 지 너무도 오래되었고, 과녁을 맞히기에는 최악의 조건이었다. 스스로에게 되뇌었다.

이보다도 더 멀리서 기동하던 오랑캐들을 손쉽게 맞히던 내가 아니던가.

심호흡을 하고 활시위를 당겼다. 화살은 날아가 과녁의 한복판을 정확히 꿰뚫었다.

나를 끌고 온 이 중 하나가 과녁을 들고 어둠 속의 사내에게 가져다 보였다. 그는 과녁을 보더니 호탕하게 웃었다.

"역시 실력이 어딜 가지 않는군."

"그 과녁을 맞히는 것이 내 인생과 무슨 상관이 있는 것이오?"

그러자 사내는 웃음을 지우고 말했다.

"자네에게 임무를 하나 맡기겠네. 이 임무에 성공한다면 자네와 함께 끌려온 부하들 모두를 유배지에서 빼내 가족들에게 돌려보내 주겠네."

가족이라는 말을 듣자 가슴속에서 뜨거운 무언가가 끓어올라오는 기분이었다.

"그들이… 살아있소?"

"그렇다. 내가 그들을 그동안 무사하도록 관리했지. 가족들이 보고 싶지는 않은가?"

'가족들을 보고 싶지 않은가?'

유배를 당하고 단 하루도 그들을 생각하지 않은 적이 없었다. 모든 순간 마음속에 아내와 아이들이 떠난 적이 없었다. 그러나 그들이 살아있기를 바라면서도 그들이 이미 죽었을 것이라고 생각했었다. 나는 반란에 참여했던 역적이니까. 믿을 수 없었다.

"가족들이 살아있다는 것을 내가 어떻게 믿소?"

"믿기 힘들 것이다. 그러나 자네에게는 선택할 수 있는 것이 없네."

"어째서 그런 것이오?"

"실낱같은 희망이라도 붙잡고 싶지 않은가? 역적이라는 오명을 벗어던지고 가족들과 평안한 삶을 살고 싶지 않은가?"

"당신에게 그 소망을 이뤄줄 힘이 있다는 것을 내가 어떻게 믿소?"

"역적을 유배지에서 꺼내 하룻밤 사이에 이곳까지 데려온 것을 보면 모르겠나? 내게는 그럴 만한 힘이 있다."

"당신이 그렇게나 힘이 있는 자라면 당신 아래 있는 이들에게 일을 맡기면 될 것이 아니오?"

그는 웃으며 말했다.

"자네를 빼내줄 만큼 힘이 있지만, 이 일을 내 아랫것들에게 맡긴다면 훗날 내게 화가 되어 돌아올 수도 있으니까. 그렇기에 잃을 것이 없는 자들이 필요했고, 그게 자네가 된 것이지. 이 정도면 충분한 설명이 되었는가?"

"그렇다면 어찌하여 나와 내 부하들인 것이오?"

"자네는 지난 반란 당시 선봉이 되어 누구보다도 먼저 한성에 들어오지 않았는가? 그만큼 자네의 실력을 믿고 있네."

그의 설명은 이해가 되었다. 그러나 그의 약조는 믿지 못했다. 그러면서도 나는 물었다.

"원하는 게 무엇이오?"

어둠 속에 있는 자는 잠시 침묵하더니 내게 말했다.

"내가 명한다면 그게 누구라도 죽일 수 있겠는가?

이번에는 내가 침묵에 빠졌다.

"… 대체 누구를 죽여달라는 것이오?"

"간밤에 자네와 같은 북방의 군역에 있던 자의 호위 아래 어떤 아이가 남쪽으로 떠났네."

사내는 잠시 숨을 고르고는 말을 이었다.

"그 아이를 죽여주게."

나는 아무 말도 하지 못했다. 내가 제대로 들은 것이 맞는지 믿기 힘들었다.

"지금 나더러 아이를 죽이라는 것이오?"

"그렇다."

"… 어째서 죽여야 하는 것이오?"

"그 아이는 살아있어서는 안 되는 아이다."

어처구니가 없었다. 그러나 이자가 내게 진심으로 말하고 있음은 분명했다. 그렇지 않고서야 잠시 쉴 틈도 주지 않고 이리도 급하게 나와 내 사람들을 끌고 올 리도 없지 않은가? 허나 이자의 말을 믿기도 어려웠다. 무엇보다 살생을 지시하는 자의 말을 믿기는 더더욱 어려웠다. 그러나 오랜 기간 희망을 버리고 살아왔다. 그 희망을 위해 이자가 내민 손을 잡아야 하는 것인가?

"나는 북방에서 오랑캐를 상대하며 나라를 구하는 일은 해냈었지만, 아이를 죽이는 일은 하지 않았소. 옳지 않은 일이오."

"이 나라의 근간을 위협에 빠뜨렸던 역적이 할 말은 아니지 않은가?"

그자의 조롱에 반박할 수 없었다.

"지체할 시간이 없네. 조금이라도 서두르는 게 좋을 것이다."

"허나 어찌 아이를 죽이라는 것이오?"

"그 아이가 살아있다면 이 나라에 훗날 큰 위협이 될 것이다."

"정녕 이 나라에 위협이 되는 것이오? 아니면 그대에게 위협이 되는 것이오?"

어둠 속에 있는 자는 잠시 숨을 고르고 말했다.

"그것은 너에게 중요한 것이 아니다. 너는 내게 그 아이를 죽였다는 것을 확인시켜 주기만 하면 된다. 그렇다면 너와 네 부하들은 가족들의 품으로 돌아가게 될 것이다."

"그 아이를 죽였다는 것을 어떻게 확인시킨다는 말이오?"

"내게 거짓을 고할 수 있으니 그 아이의 목을 가져오게."

"… 지금 내게 아이를 죽이는 일도 모자라 심지어 오랑캐마냥 목을 거두어 가져오라는 말이오?"

"그렇다."

그의 말에 온몸의 피가 거꾸로 솟구치는 기분이었다. 이런 자의 말을 내가 어찌 믿는다는 말인가?

"내가 이를 받아들인다고 해도 내 가족들이 살아있다는 믿음이 없는데 이 일을 제대로 처리할 수 있겠소? 혹여 내가 아이를 찾지 않고 다른 마음을 먹고 직접 가족들을 찾을 수도 있소."

시종일관 어둠 속에 숨어 있던 자는 처음으로 어둠 속에서 나왔다.

"너의 가족들은 내가 데리고 있다."

그는 내게 힘주어 무겁게 말했다. 그가 말하는 순간 연신 불어오던 차가운 겨울바람이 멈추었다.

"그 아이를 죽여서 데려오지 않는 한 절대로 네 가족을 찾을 수 없을 것이다."

그는 다시 내게 힘주어 말했다.

"알겠소. 그렇다면 적어도 나와 내 부하들의 가족들이 살아있다는 증거라도 보여주시오. 그것을 확인하기 전까지는 나는 아무것도 하지 않을 것이오."

그는 자기 사람들에게 손짓을 했고, 곧 그들이 누군가를 데려왔다. 한 여자가 힘없이 끌려왔다.

"저 여인이 누구인지 알아보겠는가?"

"모르겠소."

끌려온 여자는 내게 말했다.

"오랜만입니다."

그 여자는 나와 함께 유배당한 시란의 아내였다. 얼굴은 기억이 나지 않았지만, 그녀의 목소리를 듣고 단번에 알아차렸다. 그녀가 확실했다.

"부디 저희를 다시 만나게 해주십시오."

여인은 힘없는 목소리로 내게 호소했다.

"왜 나의 가족이 아니라 내 부하의 가족을 데려온 것이오?"

"자네나 자네 부하들의 가족들을 그들에게 직접 대면하게 한다면 사무치는 그리움에 일을 그르칠 수도 있지 않겠는가? 이제 자네는 자네 부하의 아내를 보았으니 내가 그들을 데리고 있다는 믿음이 생겼을 것이다."

"겨우 저 여인 한 명 보여주고는 내게 믿음을 강요하는 것이오?"

그러자 그자는 여인에게 말했다.

"네가 직접 말해 보거라."

"저분의 말씀은 모두 사실입니다. 저와 다른 분들의 가족들 역시 함께 돌보아주시고 계십니다. 그러니 부디 저를 제 님 곁으로 돌려보내 주십시오."

그녀는 내게 간곡하게 말했다.

나는 아무 말도 할 수 없었다. 믿을 수도 없었지만, 믿지 않을 수도 없었다. 아니 믿고 싶었다. 그가 다시 손짓하자 그녀는 다시 어디론가 끌려갔다.

"어서 출발하는 것이 좋을 것이다. 오랑캐들이 쳐들어왔다."

"그게 무슨 말이오? 그들이 이 땅에 다시 내려왔다는 것이오?"

"그렇다."

"그들이 무엇을 노리고 내려온 것이오?"

그러자 그는 쓸쓸하게 말했다.

"힘없는 나라를 가만히 놔둘 이유가 있겠느냐?"

오랑캐가 쳐들어왔다는 말에 잠시 놀랐으나 곧 수긍이 되었다. 당연히 그럴 것이다. 반란 당시 우리를 모두 숙청하였으니 북방에 나라를 지킬 군인들이 남아있겠는가. 우리와 싸운 관군들은 모두 겁

쟁이들이었다. 그런 그들이 오랑캐들과 제대로 붙어보려나 하겠는가? 오랑캐들을 보기만 하여도 뿔뿔이 흩어져 달아날 것이다.

"오랑캐들이 쳐들어온 마당에 그 아이를 죽이는 것이 어째서 중요하오?"

"이 힘없는 나라는 분명 오랑캐들에게 무너질 것이다. 그들이 이 나라를 지배한다면 자신들의 입맛에 맞는 왕을 새로 세우려 하겠지. 그때 그 아이는 살아있으면 안 된다."

이미 패배를 예상하고 뒷일까지 도모하고 있다는 말인가….

"고작 아이 하나 살아있는 게 무엇이 위협된다는 말이오?"

"모든 것이 내 뜻대로 움직여야만 해. 그런데 그 아이는 내 발밑에 있지 않아."

"내가 죽여야 하는 아이가 왕의 아이인 것이오?"

그는 웃으며 말했다.

"궐에는 비밀이 없지."

저런 말들을 내뱉는 자라면 굉장한 권력자일 것이다. 그러나 내게는 나와 내 부하들을 위한 믿음이 필요했다. 저렇게 힘이 있는 자라면 분명 우리를 쉽게 내칠 수도 있을 것이다. 잃을 게 없는 이들을 쓰려는 이유가 바로 그것이 아니겠는가.

"일이 그르쳐지게 된다면 이미 이 나라의 역적인 우리는 반드시 죽음을 면치 못할 것이오."

"그런 일은 없을 것이다. 그리고 다시 한 번 말하지만, 너에게는 선택할 수 있는 것이 없다. 그저 받아들이는 수밖에 없지."

그 말을 듣고 나는 깊은 생각에 잠겼다. 그러나 그의 말대로 내게 선택할 것은 없었다. 가족을 다시 보기 위해서라면 내가 선택할 수 있는 것은 하나뿐이었다. 내 스스로를 무너뜨리고 흉측한 백정마냥 아니 북방의 오랑캐마냥 그 아이를 죽여야만 했다.

"말이 길어졌다. 나는 너 같은 역적에게 필요한 이상의 정보와 희망을 주었다. 그러니 어서 받아들이고 출발하는 것이 좋을 것이다. 너와 네 사람들에게 필요한 것은 다 준비해 놓았으니 그들을 바삐 쫓아가야 할 것이다."

"정말 나와 내 부하들을 가족에게 돌려보내 주는 것이오?"

"그렇다. 그러니 어서 남쪽으로 가라. 거기에 자네가 원하는 것이 있을 테니."

나는 마지못해 말했다.

"알겠소. 지금 떠나겠소."

내가 돌아설 때 그가 말을 덧붙였다.

"혹시 진영이라는 자를 아느냐?"

"진영이라고 하였소?"

"그자를 아느냐?"

진영. 북방의 군영에서 그만큼 충직하고 청렴한 이는 없었다. 무엇보다 그만큼 뛰어난 무예를 지닌 이는 없었다. 그의 아래에서 싸울 때는 두려운 것이 없었다. 뛰어난 무예를 뽐내며 항상 맨 앞에서 적과 마주하면 병사들을 이끌었었다.

"알고 있소."

"네가 죽여야 하는 그 아이는 진영이라는 자의 호위를 받고 있다."

"살아있소…?"

"그렇다. 도움이 될지는 모르겠으나 알아두거라."

그는 거기까지 내게 일러주고는 자리를 떴다. 그리고 나를 끌고 온 이가 다시 나를 끌고 갔다. 끌려올 때처럼 머리에 두건이 씌워져 끌려가니 한때 나의 부하들이었고, 함께 유배를 당한 이들이 기다리고 있었다. 긴 유배 기간 동안 이제는 나의 아우이자 벗이 된 소중한 이들, 그들이 나를 기다리고 있었다.

나와 함께 가장 많은 전투에 참여했었던 주손이 내게 물었다.

"어찌 된 일입니까?"

"어찌 된 영문인지는 잘 모르겠지만, 우리에게 기회가 생긴 것 같구나."

"자세히 말씀해 주십시오."

내 아우 충한과 시란이 역시 대답을 기다리는 눈치였다.

"우리를 끌고 온 자가 일을 맡겼다. 그 일을 해낸다면 우리를 유배지에서 꺼내 가족들의 품으로 돌려보내 주겠다는구나."

"그것이 정말입니까?"

시란이 간절한 눈빛으로 내게 물었다.

"그래. 그렇다고 하는구나."

주손이 주위를 살핀 후 내게 말했다.

"그러나 저들을 어떻게 믿습니까?"

일을 맡긴 자의 말대로 말할 수밖에 없었다. 우리에게는 선택할 수 있는 것이 없지 않은가.

"우리가 달리 선택할 것이 있느냐?"

"저들이 일이 끝나고 우리를 내친다면 어쩌실 작정입니까?"

"유배지에서 평생 가족들을 그리워하며 비참하게 여생을 보내는 것보다야 모험을 걸어보는 것이 낫지 않겠느냐. 너희들 모두 가족들을 볼 수 있다면 무슨 일이든 할 것 아니냐?"

충한이 내게 물었다.

"저들이 우리에게 맡긴 일이 도대체 무엇입니까?"

"그것은…."

나를 끌고 왔던 이들이 내게 다가왔다. 그들은 우리 앞에 사용할 무기들을 던졌다. 칼과 활, 조총 등이었다.

"일단 필요한 것부터 챙기거라."

내 말에 아우들은 필요한 무기들을 각자 들었다. 각자 무기를 챙긴 후 바닥에는 조총만이 남았다. 그러자 내게 두건을 씌운 이가 물었다.

"조총은 어째서 사용하지 않는 것인가?"

"겨울이라 바람 때문에 장전하는 데에 어려움이 클 것이오. 또한, 조총이라는 물건은 한 번 쏘면 다시 장전하는 데 시간이 오래 걸려 그 효용이 활에 미치지 못하오."

그러자 그는 고개를 끄덕이고는 손짓을 했다. 그가 손짓하자 그의 부하들이 바닥에 남겨진 조총을 가져갔다. 형제들이 각자 집은 무기들을 확인하고 있을 때 그가 나를 불러 조용히 말했다.

"진영이라는 자와 나인, 내관, 그리고 노비 한 놈이 그 아이와 함께 있네."

"그게 전부요? 더 알려줄 것은 없소?"

그는 잠시 생각에 빠지더니 내게 말했다.

"아이는 키가 매우 작네."

"그야 당연한 것 아니오? 모든 아이는 체구가 작소."

"본 사람들에 따르면 아이의 왼쪽 뺨에 뾰족한 화상 자국이 있다 하더군."

"알겠소."

체구가 작다는 것은 쓸모없는 정보였지만, 왼쪽 뺨에 상처가 있다는 것은 결정적인 정보일 것이다. 그 정도면 그 아이를 찾는 데에 큰 도움이 될 것이다.

"그들은 송파나루를 건너 남한산성으로 향할 것이다."

"확실하오?"

그는 고개를 끄덕였다.

"그 이후에는 어디로 가는 것이오?"

"그건 자네가 알아낼 일이지. 아이를 찾아낸다면 내게 데려오면 될 것이다. 전란이 어찌 되건 나는 영옥의 추악골에 머물고 있을 것이다. 그곳으로 와 나를 찾아라."

"알겠소."

그리고 그는 내게 커다란 동전같이 생긴 것을 내밀었다.

"이것을 지니고 있으면 관영의 누구든 필요한 것을 지급해 줄 것이다."

"고맙소."

내가 동전을 받아 챙길 때 누군가 말들을 끌고 왔다.

"이곳에서 제일 날랜 말들이니 빠르게 쫓아갈 수 있을 것이다."

"알겠소."

"식량은 말에 묶어놓았다. 그러나 양이 많지 않으니 식량이 떨어지면 알아서 행해야 할 것이다."

"알겠소."

"원하는 바를 이루고 싶다면 아이를 한시라도 빠르게 찾아내야 할 것이다."

그자는 나를 비웃으며 말했다.

"알고 있소."

"그럼 어디 한번 잘 찾아보시게."

그리고는 다른 이들을 데리고 사라졌다.

"말에 오르거라."

나는 말에 오르며 말했다. 아우들은 군말 없이 말에 올라탔다. 말의 숨소리에서 힘찬 기운이 느껴졌다. 참으로 오랜만에 느껴보는 기운이었다. 얼마 만에 말에 오르는 것이던가.

"형님, 어디로 가는 것입니까?"

주손이 물었다.

"우리는 남쪽으로 간다."

그리고 나와 형제들은 말들을 몰고 힘차게 내달렸다. 남쪽을 향하여. 우리의 구원이 있는 곳으로.

피란

시끄러운 소리에 눈을 떴다. 눈물을 흘리고 있었다. 내 양손은 주먹을 세게 쥐어 붉게 변해 조그만 핏방울이 맺혀 있었다.

"다들 나오십시오."

병사가 문을 열고 내게 말했다. 밖은 이미 동이 터있었다. 왕자는 눈을 비비며 잠을 떨쳐내고 있었고, 내관과 나인은 이미 일어나 행낭을 차리고 있었다. 종쇠는 짐을 등에 멘 채로 아직 졸고 있었다.

"바깥마당으로 가시면 장군께서 기다리고 계실 것입니다."

병사가 말했다. 마당으로 나가자 눈이 잔뜩 쌓여있었다. 눈발은 사그라들었지만, 우리 군병들의 퇴각을 더디게 하는 데에는 충분할 만큼 쌓여있었다. 눈을 잔뜩 맞아 갑옷이 하얗게 변한 초관이 서있었다. 그는 간밤 내내 쉬지 않고 계속 지휘하고 있었던 것이다. 밤새 쉴 새 없이 빠져나가던 수레들은 어느새 열댓 가량으로 줄어있었다.

병사가 초관에게 내가 나온 것을 말하자 그가 내게 피곤한 말투로 말했다.

"무례를 범해 미안하오. 요 근래 공문을 사칭하는 일들이 있어 면책을 받는 일이 없도록 하기 위해 차마 믿지 못했소. 말과 수레를 내어줄 테니 산성까지는 호위해 주겠소."

그러나 병사들은 새벽에 비하여 몇 남아있지 않았다.

"저들은 저들 자신도 지키기 버거워 보이오."

"이게 최선이오. 저들이 도성을 나가는 마지막 군졸들일 거요. 따라가든지 아니면 알아서가든지 둘 중 택하시오."

"… 알겠소. 고맙소. 혹시 적병에 관한 소식을 들은 것이 있으시오?"

그는 고개를 가로저으며 우리를 데리고 온 병사에게 말했다.

"이 분의 무기를 다시 되돌려 드리거라."

병사는 그 말을 듣고 어디론가 달려갔다. 그는 나를 쳐다보며 말했다.

"저 병사에게 다 일러놓았으니 그를 따라가면 될 것이오."

"고맙소. 무탈하시오."

그러자 초관은 나를 빤히 바라보았다. 그의 얼굴에 잠깐이었지만 미소가 나타났다 사라졌다. 쓸쓸한 미소였다. 그는 나를 향해 한 번 고개를 끄덕이고는 병사들 사이로 사라졌다. 그리고 무기를 가지러 갔던 병사가 돌아왔다.

"밤에 맡기신 무기들입니다."

마패와 함께 내 칼과 활을 다시 돌려주었다.

"혹시 병영의 남는 먹을 것과 화살을 줄 수 있겠느냐?"

"먹을 것은 남아있지 않으나 화살이라면 대여섯 발 정도는 드릴 수 있습니다. 화살은 가져가시는 수레 위에 올려드리겠습니다."

"고맙네."

내관에게 출발해야 함을 일렀다. 나인은 왕자에게 말린 곡식을 먹이고 있었다. 나인은 내게도 먹을 것을 조금 건넸다. 사양하며 종쇠에게나 주라고 하였으나 그녀는 받아두라며 억지로 내 손에 얹어주고 왕자에게로 돌아갔다. 종쇠는 이미 손에 쥐고 있는 무엇인가를 열심히 먹고 있었다. 입안에 한꺼번에 털어넣었다. 고소하고 향기가 진한 것이 목 안을 부드럽게 만들어주었다. 차가웠던 몸 안에 열이 오르는 것이 느껴졌다. 그 사이 말들이 다가왔다. 일행들에게 고개를 돌리자 그들은 궐이 있는 방향을 향해 절을 하고 있었다. 그들에게 다가갔다.

"이제 가야 하오."

내관이 말했다.

"아침에 궐을 향해 예를 올리는 데에 시간이 그리 많이 들지는 않소. 조금만 기다리시오."

"이렇게 예를 갖추는 데 전념하다가는 영영 예를 갖추지 못하게 될 수도 있소."

"장군은 참으로 무색해졌구려. 장군께서는 전하께 아니, 나리께는 아침 인사를 올리긴 하였소?"

"… 그대들이 보지 않을 때 홀로 간략하게 행하였소. 내관께서도 간략하게 하시오."

내관이 나를 차갑게 바라보며 말했다.

"그러고 있었소."

간밤의 대화 이후로 내게 차가워진 것 같은 내관이다. 홀로 인사를 올렸다는 것은 거짓이다. 나는 저 무능한 왕을 향해 엎드린 채 인사를 올리고 싶지 않다. 그 무능함으로 제 백성들을 위험에 빠뜨린 작자이다. 그를 향한 충심도 예의도 남아있지 않다. 이 마음은 내관과 충돌하게 될 마음이다. 적어도 그에게 시늉이라도 보여야 저들과 큰 갈등 없이 내려갈 수 있을 것이다. 절을 하고 있던 왕자가 일어났다. 이제야 저들의 인사가 끝난 모양이다. 마침 병사들이 그에 맞춰 말과 수레를 끌고 왔다.

"이 말을 타고 가시면 됩니다."

궐에서 내어준 말보다는 훨씬 더 노쇠한 기운이 역력해 보이는 말이다. 심지어 잘 먹지도 못한 말처럼 보였다. 너무도 비쩍 말라있었다. 나루를 건너는 순간부터 제대로 풀리는 일이 없다. 하지만 감내해야 한다. 나중엔 말 한 필조차 귀해질 것이다.

"고맙네."

"관아에서 나가는 마지막 행렬에 맞춰가시면 뒤에서 호위를 해드릴 것입니다."

"알겠네."

내관이 말에 오른 후 왕자를 앞에 앉혔다.

"말을 탈 줄 아시오?"

"그렇네."

"이들 모두 말을 다룰 줄 아니 걱정하지 말게."

말에 타고 짐을 수레에 올리자 병사 다섯이 우리에게 붙었다. 그들은 우리를 호위해야 하는 사실이 탐탁지 않아 보인다. 그중 몇몇은 이리로 오기 전부터 툴툴거렸다. 이들이 호위하는 아이가 왕자라는 사실을 알아도 별반 차이는 없을 것이다. 이들은 우리에게 변고가 생기면 지체 없이 우리를 버리고 달아날 것이다. 병사들은 창을 손에 든 채로 추위에 떨고 있었다. 그들의 옷은 눈발에 얼고 젖어있었다. 간밤에 보았던 수레들과 행렬에 이들이 먹을 식량은 보이지 않았다. 병장기들과 각종 화약만이 밤새 불길을 피해 나갔을 뿐이다. 이들은 남쪽의 사정에 기대고 있는 것이다. 남쪽 지방이 넓은 곡창 지대이기는 하나 근래 몇 해간 기근이 휩쓸었다. 지난해는 사정이 나아졌다고 하나 전란을 대비할 만큼은 아니다. 남쪽도 이런 매서운 겨울이라면 저들 먹을 식량도 아껴 먹을 처지였다. 이들은 적과 싸우기도 전에 생존의 위협에 시달리고 있다.

왕자가 안장에 제대로 앉았다.

"출발하자."

내관이 고삐를 잡아당기고 수레가 움직이기 시작했다. 그렇게 병사들을 따라 산성으로 향하는 마지막 대열에 합류했다. 가축들이 내뿜는 뜨거운 입김이 추위를 더욱 부각시킨다. 우리가 나아가는 뒤로는 병사들이 몇 있지 않았다. 병사들은 다들 원기를 잃고 피로하고 추위에 더욱 노쇠해 보였다. 산성을 향해 가는 군인들의 행렬과 아침 새 분주히 움직이는 피란민들의 행렬, 쌓인 눈이 행렬을 더디게 했다.

그리고 여러 소리가 있었다.

임금이 도망쳤다.

임금이 우리를 버리고 꽁지가 빠지게 달아났다.

임금이 백성과 수도를 버리고 배부른 신하들만 챙겨 저 멀리 섬으로 달아났다.

우리 군병들이 적에게 패퇴했다.

병사들이 싸우지도 않고 도망친다.

적들이 우리 백성들을 닥치는 대로 죽이고 있다.

여자는 겁탈하고 남자는 강제로 징발하고 있다.

이미 적병이 도성 근처까지 내려왔다.

왜구들도 다시 기승을 부린다.

북쪽 오랑캐를 피해 내려가는 피란민들끼리, 병사들끼리 무서운 소문이 퍼지고 있었다. 소문은 밤새 내린 눈처럼 점점 쌓이고 거대해져 이들을 잡아먹고 있었다. 두려운 사실은 저들이 마구 내뱉는 허무맹랑한 뜬소문이 곧 사실이 될 수도 있다는 것이다. 지휘관들이 조용히 하라 다그쳐도 불안은 병사와 백성들을 막론하고 커지고 있었다. 왕자가 걱정스러운 눈빛으로 나를 쳐다보았다. 왕자가 내관에게 조용히 무어라 말하자 그가 고개를 돌려 나를 바라보았다. 내관이 내게 손짓을 했다. 그에게 다가가자 왕자는 주위를 둘러보았다. 우리 주변의 병사들은 우리에게 관심이 없었다. 그들은 그저 느린 퇴각속도에 지치고 초조해할 뿐이었다. 왕자가 나지막이 말했다.

"어가는 안전히 빠져나가신 것인가?"

"염려치 마시옵소서. 어가는 안전한 곳에 있을 것이옵니다."

"그대는 정말로 그렇게 생각하는가?"

왕자는 내게 매달리듯이 물었다. 그러나 어가가 어디 있는지는 모른다. 추운 날과 강한 눈발에 여러 수행원까지 따를 터이니 분명 더딘 속도일 것이다.

"어가가 어디에 있는지는 정확히 모르나 분명 안전한 곳에 계실 것이옵니다."

"정말로 그러한가? 그대의 개인적인 사견은 어떠한가? 솔직하게 대답해 주게"

내관이 중재했다.

"무위의 말씀이 맞사옵니다. 전하의 곁에는 이 나라에서 제일가는 병사들이 지키고 있습니다. 전하는 필시 무탈하실 것이옵니다. 곧 우리 군병들의 승전보가 연달아 들리고 적들이 물러갈 것입니다. 그러면 전하께 다시 돌아가는 날이 머지않을 것이옵니다."

내관이 눈짓하자 나는 고개를 끄덕였다.

"남쪽으로 내려가시는 데에만 신경을 쓰시옵소서. 스스로를 보전하는 것이야말로 전하께서 내리신 명이옵니다. 저희만 믿고 따라주시옵소서."

내관의 말을 들은 겁 많은 어린아이는 다시 고개를 숙였다. 갑자기 그 아이가 측은해졌다. 아이는 부모의 손에 이끌려 걸어가는 다른 수많은 아이로 시선을 돌렸다. 왕자는 말 위에 있었고, 그가 바라보는 아이는 다 해진 짚신을 신고 있었다. 추위에 볼이 빨갛게 부어있었다. 아이가 내게로 고개를 돌렸다. 그 자리에 딸아이가 걷고 있었다. 아내의 손을 잡고 걷고 있었다. 환영이다. 눈을 주워 얼굴에 비볐다. 딸은 사라지고 제 할미의 손을 잡고 걷고 있는 아이가 있었다. 어린 왕자를 볼수록 잃어버린 내 아이들이 생각이 난다. 이런 날이면 아궁이에 불을 때우는 제 어미 곁에서 눈을 뭉쳐 장난을 치고 있었을 것이다. 눈에 눈물이 맺힌다. 이런 생각을 떨쳐야 한다. 내관이 나를 쳐다보고 있었다. 황급히 고개를 돌렸다. 이들에게 약한 모습을 보이면 안 된다. 눈물을 몰래 닦아내고 주위를 돌아보았다. 뒤를 돌아보니 종쇠가 고개를 숙인 채 걷고 있었다. 생각을 떨치는 데에는 화제를 돌리는 것만큼 좋은 게 없다. 조용히 걷고 있던 노비에게 말을 걸었다.

"종쇠야, 너에게 준 칼은 잘 지니고 있느냐?"

"예, 칼은 당부하신 대로 허리춤에 잘 지니고 있습니다."

"그래, 잘했다. 마음을 놓고 있어서는 안 된다. 조만간 쓸 일이 있을 것이다. 종쇠, 몸은 괜찮으냐?"

종쇠가 겁먹은 눈빛으로 고개를 끄덕였다.

"그렇구나. 이 일이 고되진 않으냐?"

"몸은 고될 것이나 중한 일이지 않습니까? 그저 곁에서 행할 뿐입니다."

"옳은 말이다…. 도성으로 돌아가면 너의 충심이 인정받을 것이다."

"내관 나리께서 도성으로 무사히 돌아간다면 그 보상으로 제가 노비 신분에서 벗어날 것이라고 했습니다."

"그래, 관비 신분에서 풀려나서 하고 싶은 일이 있느냐?"

"전란이 끝난다면 그저 제 짝과 함께 하사받은 땅에서 농사짓고, 자식들 낳아서 오순도순 함께 늙어가고 싶습니다."

"짝이 있느냐?"

"예. 아마도 지금쯤 어가 행렬을 따라 내려가고 있을 것입니다."

"너의 짝도 관비에서 풀어준다고 하더냐?"

"그렇습니다."

"너의 짝이 걱정되지는 않느냐?"

"전하 곁에서 함께 따르고 있으니 무탈할 것입니다."

"그 짝이 지금 너에게 제일로 중한 것이냐? 더 많은 땅이나 소를 한 마리 준다 하여도 그 짝이라면 마다하겠느냐?"

종쇠는 단호하게 말했다.

"높으신 분들께서 그 무엇을 주신다 하여도 제 짝과 바꾸지 않겠습니다. 비록 제가 천한 노비이고 배우지 못한 놈이지만, 결코 그녀만큼은 놓칠 수 없습니다."

"좋은 인연이구나. 그래, 그렇게 되도록 힘내자꾸나."

문득 그가 부러워졌다. 순수한 소망이다. 순수한 사랑이다. 모든 이가 원하는 삶일 것이다. 내가 임금에게 약속받은 소망이 보잘것없어 보였다. 모든 것이 끝나고 내게 돌아올 자그마한 언덕은 저 노비가 약속받은 미래에 비하면 너무도 빈약하다.

길을 나선 지 두어 시진쯤 지났다. 앞에서 걷고 있던 지휘관이 뒤의 병사들을 바라보며 말했다.

"잠시 쉬어가도록 한다!"

해가 어느덧 정중앙에 자리하고 있었다. 반짝이는 햇살에 비해 아직까지 날은 너무도 추웠다. 병사들이 제각각 앓는 소리를 내며 자리에 앉았다. 내관은 왕자를 말에서 내리게 한 후 나인을 불러 왕자가 편히 쉴 수 있도록 담요를 가져오게 했다. 종쇠는 앉지 않고 주변을 두리번거리며 서있었다.

"너는 왜 앉지 않느냐?"

"나리께서 항상 경계하라 이르시지 않으셨습니까?"

종쇠의 말에 너털웃음이 터져 나왔다.

"이렇게까지는 하지 않아도 된다. 앉아서 편히 쉬거라. 그래야 나중을 위해 기력을 회복할 것 아니냐."

그제서야 종쇠가 짐을 내려놓고 앉았다. 왕자는 내관과 나인의 보살핌을 받고 있었다. 몇 병사들이 가끔 그들을 쳐다보기는 했지만 다가오거나 말을 걸지는 않았다. 병사들에게 휴식을 지시한 지휘관이 내게로 다가왔다.

"평안하셨습니까? 기총 박무량이라고 합니다."

"덕분에 잘 왔소."

"과찬이십니다. 혹여 병사들이 실례를 범하지는 않았습니까?"

"그런 일은 없었소."

"말씀은 들었습니다. 출발하기 전 상관께서 자제분들이 조현대감님의 식솔이라는 말을 하셨습니다."

임금은 우리가 조현대감의 자제들인 것으로 꾸민 것 같다. 임금이 궐내에는 믿을 이들이 없다고 하였다. 적어도 조현대감은 임금의 사람인 것인가…? 그에게 그나마 다행인 것인가, 그렇지 않으면 그밖에 없는 것이 참담한 것인가. 내 앞의 사내는 내가 대감의 사람인 것으로 알고 있다.

"알아봐 주니 고마울 따름이오. 병사들 스스로 지키기도 버거울 터인데 이렇게 호위까지 해주니 더할 나름이 없소."

"간밤에 관아에 갇혀계시는 것을 보았습니다. 그 모습이 참으로 안타까웠습니다."

"병장기들을 나르느라 밤새 정신이 없었을 터인데 그것을 보았소?"

"본디 눈썰미가 빠른 편입니다. 재빨리 읽는 자만이 전장에서 승리를 이끄는 법이지요. 제가 지휘관이었다면 결단코 그런 일이 없었을 것입니다."

"고맙소. 그대의 말과 같이 행하는 자를 마주치게 되었다면 좋았을 것이오."

이렇게 말하자 초관은 웃음을 지으며 손사래를 쳤다. 군인은 반드시 적을 무찌르고 백성을 구하겠다는 단단한 신념만을 가지고 있어야 한다. 이런 자가 병영에 있다면 다른 군사들의 기강이 문란해지고 명령을 업신여길 것이다. 내가 관직에 남아있었다면, 내 휘하에 이런 자가 있었다면, 그것도 전시에 이런 자가 있었다면 가차 없이 곤장을 내리거나 내쫓았을 것이다. 내게 말조차 거는 일이 없었을 것이다. 허나 지금은 이런 한낱 기총에게조차 말을 함부로 놀릴 수 없다. 임금이 우리의 존재를 아무도 모르게 해놓았다. 그는 다른 아들들을 강화도에 보내면서까지 저 아이를 지키고 싶었다. 만백성의 아버지라는 임금은 다른 수많은 자식을 내동댕이친 채 오로지 자기가 아끼는 아들, 저 아이만을 살리고 싶었던 것이다. 하지만 그것마저 그를 나무랄 수는 없다.

"산성으로 들어가신다면 혹여 제 이름 석 자를 기억해 주실 수 있습니까? 제가 편의를 봐드릴 수 있는지 도와드리고 싶습니다."

"이 병사들은 산성에서 진지를 차리는 것이오?"

"그렇습니다. 아마 산성 내에서는 아직 전란에 대해 파악이 안 된 자들도 있을 것입니다. 자리를 빨리 잡으셔야지요. 남한산성에는 제가 아는 촌장과 피붙이들이 몇 있습니다."

"산성 안에서 필요한 일이 있다면 말씀드리겠소. 그보다는 내 식솔들의 먹을 것이 부족한데, 혹시 식량을 조금이나마 보태줄 수 있겠소?"

"제가 바로 조치하도록 하겠습니다."

"고맙소. 이 은혜를 어찌 갚을지 모르겠소."

그러자 초관이 웃음을 지으며 말했다.

"그저 조현대감의 식솔 분들을 도왔다는 것이 제 영광입니다. 제 이름 석 자만이라도 대감께 귀띔해 주시면 그보다 더한 영광이 없겠습니다."

이 자는 자신이 전란에서 살아남아 그 대감이라는 자에게 기억될 것이라고 믿는 것인가…? 아무리 전투에서 발버둥 쳐도 산성에 있는다면 결국 전투에 휘말릴 것이다. 상처 하나 없는 기총의 손이 그의 경험을 보여주었다.

"기총께서는 전란을 많이 겪어보셨소?"

"이번이 임관 후 첫 전란입니다. 마음 같아서는 저 북방으로 단숨에 달려가 오랑캐들을 베어버리고 싶지만 제 아래 병력들을 책임져야 하는 임무가 발목을 잡아 안타까울 따름입니다."

"내 반드시 기총의 이름을 꼭 기억해 두리다. 분명 기총께서도 조만간 공을 세울 기회가 있을 것이오."

그 말을 듣고서야 박무량이라는 자는 내게 연신 고맙다는 인사를 하며 물러났다. 그자는 먹을 것이 부족한 병사들의 식량을 빼앗아 내게 바칠 것이다. 손해 보는 장사는 아니다. 굶어 죽어 갈 병사들을 생각해도, 군량미를 훔쳐 대갓집 자제라는 우리에게 바쳐도, 결국 이 차이로 인해 전투에서 패하지는 않을 것이다. 이미 우리 병사들의 얼굴엔 패배의 기색이 역력하니까…. 싸우기도 전에 이미 지고 들어가고 있으니까…. 몇 해 전 내가 머물렀던 북방의 군인들이 어느 장군의 명령으로 반란을 일으켰었다. 그들은 이 나라 최고의 정예군들이었다. 정신 나간 한 사람으로 인해 결국 이 나라 최고의 싸움꾼들은 최후를 맞이했고, 그 이후 이 나라에는 자릿수만 채우는 군인들만 남게 되었다. 그리고 지금의 적들은 그 상황을 저 추운 북쪽 산골에서 조용히 지켜보았다.

나는 어떻게든 이 상황을 이용해야 한다. 내가 지키는 왕자는 그저 살아남기만 하면 된다. 살려내기만 하면 된다.

기총이 병사와 함께 식량을 가지고 돌아왔다.

"말씀하신 대로 식량입니다. 많지는 않으나 현재로써는 이게 드릴 수 있는 최선입니다. 산성으로 들어가서도 방도를 알아봐 드리겠습니다."

"정말 고맙소. 덕분에 곤궁함에서 벗어나게 되었소."

"별말씀을 다 하십니다. 이 나라의 큰 기둥이신 분의 식솔들이신데 이것밖에 못 해드려 정말 송구합니다."

기총은 탐욕 어린 눈으로 나를 쳐다보았다.

"내가 반드시 기총의 이름을 천거하겠소."

그는 이 말을 듣자 함박웃음을 지었다.

"그렇게 말씀하시니 영광일 따름입니다. 이렇게 천한 것들과 함께 가시니 고생이 말이 아니십니다."

"기총은 저들을 지켜야 한다고 생각하지 않소?"

그는 능글맞게 웃으며 말했다.

"저런 천한 것들은 밥만 축내고, 움직이는 속도만 잡아먹습니다. 이렇게 중한 분들의 자제분들만 신속히 안전한 곳으로 옮겨드리고 적들과 싸우는 게 더 이치에 맞지 않겠습니까?"

아주 틀린 말은 아니다. 엉성하지 않은, 제대로 된 지휘가 내려와야 군병들이 하나가 되어 싸울 수 있다. 하지만 백성들을 천한 것들이라고 표현하는 것도 그렇고 끝까지 자기 자신을 위해 아첨하는 저자의 태도에 구역질이 나올 것 같았다. 더 이상 그를 상대하기 싫어졌다.

"아무튼 고마웠소. 기총은 기총의 일을 보시오."

그가 떠나면서 말했다.

"저야말로 감사하지요. 이렇게 높은 분들을 뵙게 되어 영광이었습니다. 제 이름은 박무량입니다. 그럼 다시 이동하기 전까지 편히 쉬시지요."

저자가 전란이 끝나고 살아남는다면 저 세 치 혀와 잔머리를 이용하여 분명 높은 위치까지 올라가는 군관이 될 것이다. 허나 애석하게도 저런 자가 살아남을 기회가 있을지 모르겠다. 적병은 전투를 치러보지 않았다는 저 기총에게는 너무나도 버거운 존재일 것이다. 그가 지나가고 내관이 내게로 다가왔다. 그는 내게 할 말이 있어 보였다.

"이보게. 나랑 말 좀 나누세."

"예. 아버님."

내관이 사람이 없는 허름한 초가로 나를 데려갔다. 마당에는 앙상한 고목나무 하나가 힘겹게 쌓인 눈을 버티고 있었다. 이미 그 나무의 주인은 도망간 듯했다. 집안은 텅 비어있었다. 밖에서 안을 대충 훑어보았으나 쓸 만한 것들은 남아있지 않았다. 아마도 주인이 가져갔거나 아니면 다른 이들이 훔쳤을 것이다. 내관은 주위를 살피고 나에게 말했다.

"장군, 이제부터 어찌할 요량이오?"

"산성을 지나서 빠르게 남도로 내려가야지요."

"산성에서 병사들과 있는 게 더 안전하지 않겠소? 나리도 어린 시절 잠시나마 저 산성에서 지내신 적이 있어 아마 다른 곳보다 편히 느끼실 것이오."

"편이함은 중요하지 않소. 저 산성은 위태로울 것이오. 적병에게 손쉽게 무너질 것이오. 나리가 적의 손아귀에 넘어갈 수도 있을 것이오."

내관은 내 말을 듣고 생각에 잠겼다. 그리고 내게 물었다.

"그러나 남한산성은 천혜의 요새가 아니오?"

"아직 적병의 규모도, 속도도, 어디 있는지도 모르는 마당에 산성은 그렇게 믿을 만한 곳이 아니오. 내관은 북쪽 오랑캐들을 본 적이 없으시잖소?"

"분명 어가 행렬도 산성에 머물 것인데 어찌 그리 생각하시오."

"어가도 위태로울 것이오. 저 좁고 작은 산성에 머무른다면. 여기까지 내려오면서 기력을 회복한 병사들을 본 적이 있소? 또한, 어가 행렬과 같이 나리가 머무르신다면 다른 이들이 알아챌 수도 있을 것이오. 우리가 왜 서로의 호칭까지 정해가며 말을 조심하는지 잊으셨소?"

내관은 잠시 생각에 잠기더니 이내 말했다.

"장군의 말은 모난 곳이 없구려. 나리께 그리 알리리다."

그리고 내관은 가버렸다. 나인이 왕자에게 무엇인가를 먹이고 있었다. 나인은 그것이 무엇이든지 정성스럽게 대하고 있었다. 마치 갓 태어난 새끼를 보살피는 헌신적인 어미 새처럼. 왕자는 마치 나인의 아이인 것처럼 보였다. 나인에게 저 아이가 어떤 존재인지 어떤 의미인지 궁금해졌다. 만사를 제쳐두고 저 아이를 우선으로 하는 가치가 있는 것일까? 정작 제 아이도 아니면서….

내관이 왕자에게 다가가 무엇인가를 말했다. 아마도 나와 대화한 내용일 것이다. 그러자 그들은 무엇인가를 논했다. 이야기가 길어지고 있었다. 둘 사이의 의견이 갈리는 것 같았다. 나인도 왕자를 바라보고 뭐라 말하고 있었다. 무엇을 저리 열심히 토의하고 있는 것인가? 내관이 그들과 말을 나누다가 나를 바라보며 다가오라고 손짓을 했다. 다가가자 그가 말했다.

"이보게, 손주에게 자네의 뜻을 전했지만, 손주 녀석이 산성에 머무는 것이 좋다고 조르는구먼."

누구나 계속 이동하는 것은 지친다. 누구든 자신에게 친숙한 곳에서 있고 싶은 법이다. 더욱이 왕자는 어가 또한 산성에 잠시이더라도 머무를 것을 알고 있다. 그렇기에 먼발치에서나마 제 아비를 보고 싶은 마음이 굴뚝같을 어린아이다.

"아들아, 이 아비의 말을 따르기 싫은 것이냐? 저 산성은 위태하다. 무슨 연유로 산성에 머무르고 싶은 것이냐?"

왕자가 말했다.

"저 성을 제하고는 다른 곳은 아직 멀리 가본 적이 없어 두렵습니다. 그리고 무엇보다 저 성벽보다 견고한 성은 여태까지 본 적이 없습니다."

"아들아, 태어난 곳은 중요하지 않다. 오랑캐는 반드시 저 벽을 부수고 기어오를 것이다. 저 성이 네가 가보지 않은 곳보다 더욱 무서운 곳으로 변모할 수도 있을 것이다. 그래도 저 성안에 있고 싶으냐?"

"선조들의 얼이 성을 필히 굳건하게 지켜줄 것입니다."

왕자의 말에 속으로 헛웃음이 나왔다. 선조들의 얼이 우리를 지켜준다면 지금의 변고와 지난 왜란은 선조들이 우리를 지켜주지 않고 버린 것 아닌가. 왕자는 아직 판단력이 세워지지 않은 어린아이다. 하지만 우스운 일은 분명 조정에서도 이런 어린아이 같은 생각을 지닌 이가 있을 것이다. 아니, 많을 것이다. 그만큼 어리석은 이들이 가득 찬 곳이다. 허나 나는 다르다. 이 아이에게 제대로 알려주어야 한다. 그러려면 다른 이의 의견도 물어봐야 합당할 것이다. 가만히 우리의 이야기를 듣고 있던 나인이 시선에 들어왔다.

"… 부인도 그리 생각하는가?"

나인은 부인이라 부르자 잠시 놀라는 눈치였다.

"오랑캐들에게 되도록 멀리 도망가야 하는 것은 맞지만, 아들의 말이 틀리지만은 않는다고 생각합니다."

내관이 나서서 물었다.

"그렇다면 어디로 갈 작정인가?"

"제 고향으로 갈 것입니다. 먼 남쪽에 있어 찾아내기 어려울 것입니다. 또한, 산지가 많아 숨어 지내기 좋을 것입니다."

그러나 다들 고민하는 눈치였다. 모든 이에게 확실히 일러줘야 한다.

"딱 한 번만 말하겠소. 저 성에 남으면 반드시 죽을 것이오. 적의 손에 죽건, 굶어 죽건 말이오."

그러자 왕자의 얼굴이 창백해졌다.

"어가도 저기 머무르실 텐데…."

그때 어떤 병사가 소리를 질렀다.

"봉화다! 봉화가 오르고 있다!"

북쪽을 바라보자 정말 연기가 오르고 있었다. 화재나 방화로 인한 산불로 인해 연기가 오르는 게 아니었다. 저 연기는 봉화였다. 너무 빠르다. 벌써 적이 이곳 근처까지 내려왔단 말인가…? 병사들과 쉬고 있던 아낙네들이 수선해지고, 말을 탄 지휘관들이 분주히 움직이기 시작했다. 왕자에게 말했다.

"보았느냐? 어서 움직이자꾸나. 여기도 위험하다. 너무 지체했다."

내관이 눈짓하자 나인이 왕자를 일으켜 세웠다. 왕자는 겁에 질려 봉화가 있는 쪽만 바라보고 있었다.

"그만 바라보거라. 앎은 도움이 될 수 있으나 두려움은 도움이 되지 않는다."

이곳에서 한 시진이면 산성에 도착할 것이다. 도착하자마자 한숨 돌릴 시간도 없이 내려가야 할 것이다. 너무도 빠듯하다. 정말 단 하나의 군사들도 저들이 내려오는 동안 저지하지 않았단 말인가? 아니면 이미 전투에서 패퇴한 것인가? 어느 쪽이든 믿기 힘들 만큼 절망적이다. 빠르게 스스로를 채찍질하는 것만이 살길이다. 피로하다고 느끼는 그 순간 남들보다 한 걸음이라도 더 멀리 가야 한다. 그래야 그나마 적들에게서 살아남을 가능성이 커진다. 사방이 시끄러워졌다. 지휘관들은 병사들에게 크게 외쳐대었다.

"즉시 산성으로 출발한다!"

병사들은 일어나서 산성을 향해 출발했다. 다른 백성들은 이미 그 전부터 일어나서 걷기 시작했다. 뛰는 자들도 있었다. 허나 아까 마주친 기총이라는 자는 보이지 않았다. 산성으로 들어가서 그 기총을 바로 이용해야 한다. 근처의 병사를 붙잡고 물었다.

"여기의 지휘관이 박무량이라는 자이냐?"

"그렇습니다."

병사는 영문도 모른 채 대답했다.

"너희는 산성으로 들어가서 무엇을 하느냐?"

"그야 당연히 성을 지키겠지요. 저희 같은 병사들에게 다른 일이 있겠습니까?"

"그게 아니라 너희가 성안으로 들어가자마자 무엇을 하느냐는 말이다. 짐을 풀거나 집합을 하거나 병장기를 배급받거나 무엇인가를 할 것 아니냐."

병사는 어이가 없다는 듯이 말했다.

"그야 당연히 행낭을 풀고 정비를 하겠지요. 그것은 왜 묻는 것입니까?"

"그때 너희를 지휘하는 것도 기총이겠구나."

"그러겠지요."

"너희 기총은 지휘를 잘하는 자이냐?"

"글쎄올시다. 지휘하는 것을 본 적이 없어서…. 뭐, 정작 무슨 일만 생기면 군영에 꼭 붙어서 충심을 보이려고 하니…."

주변에서 이를 듣던 병사들이 킬킬거리며 웃었다.

"그럼 성에 들어가면 군영에 너희의 기총이 있겠구나."

"뭐 십중팔구 그럴 것이지만 어찌 될지는 모르는 것이지요."

"고맙다."

병사는 머리를 갸우뚱하며 다른 병사들을 향해 걸어갔다. 우리 근처의 병사들에게 바짝 붙어있어야 한다. 그 기총에게 닿으려면 일단은 그 수밖에는 없다. 성에 들어가고 나서 군영을 찾으면 된다. 그에게 대감의 위세를 이용해야 한다. 걷기 시작한 내관에게도 일렀다.

"이 병사들 곁에서 떨어지면 안 됩니다, 아버님. 성에 닿자마자 바로 출발해야 합니다."

"알았네."

내관이 왕자를 이끌고 병사들 곁에서 걷기 시작했다. 주변의 병사들과 백성들의 어깨에 초조함과 두려움이 내려앉아 짓누르고 있었다. 마주치기 싫었던 상황이 벌써 벌어지고 있었다. 모두에게.

일행은 말없이 걷기 시작했다. 조금 걷기 시작하자 드디어 산성이 보이기 시작했다. 우리의 뒤에서는 봉화 연기가 솔솔 끊이지 않고 피어오르고 있었다. 다들 발걸음이 종종걸음이었다. 다들 산성에 조금이라도 빨리 들어가고 싶어 했다. 병사들이나 백성들이나. 그 한가운데에서 왕자는 말없이 주변을 두리번거리며 말 위에 앉아있었다. 두려울 것이다. 그 자신의 목숨도, 아비의 목숨도 염려될 것이다. 내관은 안장 위에서 왕자를 토닥이고 있었다. 이따금씩 무어라 말했는데 아마도 겁먹은 아이를 다독이는 따뜻한 말일 것이다. 하지만 그의 얼굴에는 걱정이 가득이었다. 종쇠는 뒤에서 말없이 따라오고 있었고, 그 옆에서 나인이 말없이 걷고 있었다. 그녀의 얼굴에도 근심이 가득했다. 하지만 그녀는 제 몸보다 왕자의 안전이 더 염려되는 것처럼 보였다.

"희진이라 하였소?"

"그렇습니다."

"이런 일은 처음 겪을 터인데, 많이 두렵겠소."

"두렵지요. 저도 왜란을 겪어보았습니다. 다친 자와 죽은 자들을 많이 보았습니다."

"그럼 이 일은 부인에게는 내키는 일은 아니구려."

나인은 부인이라는 말을 할 때마다 놀라는 듯했지만 이내 끄덕이며 말했다.

"내키고 내키지 않고가 어디 있겠습니까? 그저 행하는 것이지요."

그녀는 종쇠와 똑같이 말했다. 그저 행하는 것이다…. 그저 행하는 것이 무슨 의미가 있는 것인가…? 나는 그저 행하는 것인가 아니면 못내 행하는 것인가.

"부인은 반드시 살아서 돌아갈 테니 염려치 마시오."

"제가 살아서 돌아가는 게 염려되는 것이 아닙니다."

그녀가 말했다.

"저 아이가 그리도 걱정되시오?"

"그렇습니다."

"자신의 목숨보다도 말이오?"

"그렇습니다."

"저 아이가 부인에게 무슨 의미를 가지는 것이오?"

나인은 걸음을 멈추고 나를 바라보며 말했다.

"아이입니다."

그 말에 문득 말문이 막혔다. 희진이 다시 말했다.

"그저 어린아이일 뿐입니다."

그렇게 말하고 그녀는 고개를 숙이고 걸어갔다. 머리 위로 반짝이는 햇살에 내 그림자가 비쳤다. 내 그림자가 내 눈에 보이지 않았으면 했다. 구역질이 나고 있었다. 나는 한 번도 그녀가 말한 것과 같은 생각을 행한 적이 없었다. 과거에 나는 오랑캐들의 부락을 셀 수 없을 만큼 습격해서 많은 적병을 죽였었다. 그리고 나면 부락에 오랑캐들의 아이들이 남아있거나 숨어있었다. 그 아이들을 죽인 적은 단 한 번도 없었다. 하지만 그들을 데려가거나 먹을 것을 남겨준 적도 한 번도 없었다. 아마도 그들이 알아서 살아가리라 속으로 자위했었다. 나와 내 병사들 모두 그렇게 믿었다. 믿고 싶었을 것이다. 실상은 나와 내 병사들 모두 그들을 죽도록 내버려둔 것이나 다름없었다. 제아무리 오랑캐라 하여도 손에 아이들의 피를 묻히고 싶은 이들이 어디 있겠나? 그렇다고 그들을 데려가기엔 우리도 입이 많았다. 그렇게 자그마한 자비를 베풀었다고 굳게 믿으며 부락을 불태우고 퇴각하곤 했다. 그들이 스스로 살아남길 바라면서 정작 그들이 살아갈 터전마저 잿더미로 만들고 돌아왔었다. 우리 손으로 어린아이들을 죽인 적은 단 한 번도 없었다. 그러나 아이를 죽인 적은 없지 않느냐고 되뇌는 것은 말이 되지 않았다. 아이들은 눈보라에 남겨졌었다. 그들을 구원하지 않았으면 죽었으리라는 것을 나는 알고도 그러지 않았는가…? 문득 자신이 없어졌다. 나는 저 아이를 지킬 수 있을까…. 아니, 나의 무심이 저 아이를 죽이지나 않을까….

"이보게. 산성에 다 와가네. 바로 출발할 것인가?"

내관이 내게로 와서 말했다.

"…."

"이보게!"

내관의 얼굴을 가만히 바라보았다.

"다들 자네만 바라보고 따르고 있는데 정신을 놓고 있으면 어쩌자는 것인가!"

왕자와 나인이 앞에서 나를 바라보고 있었다. 그들을 보는 순간 정신이 들었다.

"죄송합니다, 아버님. 잠시 피곤해서 넋을 놓았습니다."

"성에 들어가서 정확히 어찌할 요량인가?"

"들어가서 제가 일러드릴 테니 쉬고 계십시오. 제가 새로이 말을 가져올 테니 그사이에 진지를 드시고 아이를 살펴주십시오."

"… 알았네."

내관은 못 미더운 표정으로 나를 바라보다가 왕자의 옆으로 돌아갔다. 이들에게 흐트러진 모습을 보여주면 안 되는데… 그러고 말았다. 나인의 말에 잠시 정지했다. 스스로를 다 잡아야 한다. 남을 지키기 전에 나 자신부터 지켜야 하는 법이다. 나 자신부터 무너진다면 그 무엇도 지킬 수 없고, 얻을 수 없다. 내 몫은 내가 챙겨야 한다.

홀로 생각에 잠겨 걷는 동안 어느새 산성에 도착했다. 우리가 가고 있는 산성의 북문으로는 이미 인파가 쉴 새 없이 들어가고 있었다. 북문은 한 번에 많은 이들이 들어가기엔 좁은 편이었다. 눈 덮인 좁은 문안으로 사람들은 이따금씩 뒤에서 피어오르는 연기를 걱정스레 바라보며 서둘러 성안으로 들어가고 있었다. 지휘관들은 각자 소리를 질러대며 병사들을 닦달하고 있었다. 병사들은 피로가 가득한 얼굴로 성안으로 들어갔다. 아까 마주쳤던 기총도 부하들에게 무엇인가 지시하고 있었다. 그에게 다가가려 할 때 성문 앞에서 서로 먼저 들어가려고 실랑이가 붙은 사람들 때문에 주위가 소란스러워졌다. 말을 탄 장군이 다가와 고함을 치고 병사들이 삼지창을 들이밀자 사람들은 순식간에 조용해졌다. 그사이에 내 시야에 들어와 있던 기총은 사라졌다. 병사가 말했던 게 생각이 났다. 그는 분명 그의 상관이나 군영에 있을 것이다. 그곳이야말로 출세에 가장 바람직한 자리일 것이다. 일단 그를 찾아야 한다. 일행을 이끌고 겨우 북문으로 들어왔다. 안은 온통 사람들로 바글바글했다. 아이를 잃어버려 목 놓아 우는 자와 물건을 잃어버린 자, 빼앗긴 자들의 처절한 비명이 들렸다. 그리고 그사이에서도 도둑들이 은밀하게 활개를 치고 다녔다. 도성에서 들어온 병사들은 그 광경을 바라보며 각자 주저앉아 쉬고 있었다. 망루 위에서는 병사들이 들어오는 인파를 향해 소리를 질러대는 게 간간이 들려왔다. 일행은 다들 바짝 곤두서있었다. 왕자는 너무나 많은 인파에 겁을 먹은 게 느껴졌다. 아마 이렇게 많은 백성 사이에 있는 일은 처음일 것이다. 내관과 나인은 왕자 옆에 꼭 붙어있었다. 종쇠는 어느새 내가 준 단도를 꺼내 들고 주변을 날카롭게 쳐다보고 있었다. 내관에게 다가가 말했다. 그에게 내 말이 들리려면 있는 힘껏 소리를 쳐야 했다.

"아버님, 제가 잠시 다녀올 동안 쉬고 계시지요. 혹시 이 성의 지리에 대해 잘 알고 계십니까?"

"이 성은 옛적에 몇 번 와본 적 있네만, 그때 머물렀던 곳을 지금 갈 수 있을지 잘 모르겠네."

내관이 말한 곳은 산성의 행궁이었을 것이다. 임금이 위급할 시에 머무르는 곳, 행궁이다. 지금 어가는 행궁에 머무르고 있을 것이다.

그곳이 이 성에서 제일 안전한 곳인 것은 맞지만, 그곳에서는 최대한 떨어져야 한다. 왕자의 정체를 들키지 않는 게 급선무다.

"혹시 다른 곳은 알고 계시는 곳이 없습니까?"

"글쎄, 쉬고 있을 만한 곳은 잘 모르겠네."

"아들이 이곳에서 머무르기에는 위험합니다."

"나도 동의하네."

"일단 인적이 드문 곳을 함께 찾으시지요. 다들 한 곳에 계시는 걸 확인한 후 다녀오겠습니다."

"그러세."

일행에게 잘 따라오라 이른 후 인적이 드물 만한 곳을 찾아 출발했다. 종쇠에게 말을 하지 않아도 알아서 단도를 들고 주변을 경계하고 있었다. 우리 병사 중 저렇게 충직하게 명령을 잘 수행하는 이가 북방에 천여 명만 있었어도 이렇게 빠른 속도로 나라가 위급해지지는 않았을 것이다. 남문 쪽을 향해 걸어갔지만, 산성 안도 마찬가지로 어지러웠다. 하지만 계속 걷다 보니 점점 인적이 드물어지기 시작했다. 남문을 향해 가는 길에 언덕이 하나 있었다. 그 중턱쯤에서 자그마한 연기가 피어오르고 있었다. 연기를 따라 올라가니 작은 초가가 보였다. 주변에 인적이 드물고 오르기 힘들어 딱히 다른 이들이 올 것 같지 않아 보이는 곳이다. 잠시 이들을 숨기기에 안성맞춤인 곳이다. 일단 저곳에서 일행을 머무르게 해야 한다.

"다들 따라오시오."

일행이 나를 따라 언덕을 올랐다. 말은 연신 울음소리를 내며 언덕을 올라오기 버거워했다. 분명 말 울음소리를 들었을 것이다. 미리 칼을 꺼냈다. 안에 누가 있건 저곳은 지금 반드시 필요하다. 일행을 뒤로하고 초가에 다가가 외쳤다.

"거기 누구 없느냐?"

소리를 지르자 대여섯 남짓 먹은 것으로 보이는 어떤 어린 계집아이가 문을 열고 머리만 내민 채 나를 바라보았다.

"집에 어른은 없느냐?"

아이가 겁먹은 얼굴로 고개를 끄덕였다.

"그럼 바깥에 나가있는 게냐?"

아이는 금방이라도 울 것 같은 얼굴로 다시 고개를 끄덕였다. 내가 쏘아붙이자 뒤에 서있던 내관이 나서서 말했다.

"이보게, 기껏해야 그냥 어린아이이지 않은가? 내가 잘 추스를 터이니 자네는 걱정하지 말고 다녀오게."

그를 무시하고 아이에게 말했다.

"누구와 함께 살고 있느냐?"

"할아버지와 같이 살고 있습니다."

아이는 떨면서 말했다.

"할아버지라는 자와 단둘이서 사는 것이냐?"

그러자 고개를 끄덕였다.

"그자는 언제 나갔느냐?"

"아침에 산에서 먹을 것을 구해 오겠다고 말하신 후 아직 돌아오지 않으셨습니다."

아이는 울음을 간신히 참으며 내뱉었다. 왕자가 나서서 내게 말했다.

"저렇게 어린아이에게 칼까지 빼 들고 고함을 치는 건 너무한 처사가 아닌가? 저 아이가 얼마나 두렵겠는가."

코가 맹맹한 목소리로 말했다. 왕자는 온 힘을 다해 내게 근엄한 모습을 보이고 싶어 하는 것 같았다.

"뭐든지 확실한 게 좋은 법이다. 아들아, 그리고 아버지라고 부르라고 계속해서 이르지 않았더냐."

"지금은 저 아이밖에 없지 않…."

왕자의 말을 끊고 속삭였다.

"저 아이가 매개가 되어서 우리의 정보가 다른 이들에게 퍼질 수도 있사옵니다. 다른 이들이 사소한 것이라도 우리에 대해 알게 되는 것은 저희에게 그다지 좋은 일은 아닐 것이옵니다. 나리, 유념하시지요."

"맞는 말이옵니다. 감내하기 불편할 수 있으나 무위의 말이 분명 틀린 말은 아니옵니다."

가만히 듣고 있던 내관이 거들었다.

"… 알겠네."

왕자는 조그만 목소리로 대답했다.

"그럼 저는 금방 다녀올 터이니 여기서 잠시 쉬시면서 뭐라도 드시고 계십시오. 다들 시장할 것입니다."

"자네는?"

"저는 제가 알아서 하겠습니다."

"알겠네. 조심히 다녀오게."

내관이 말했다.

"종쇠야, 저 아이가 말한 할아버지라는 자가 이 집으로 곧 돌아올 수도 있을 것이다. 그렇다면 칼을 빼 들고 있거라. 절대로 그자가 우리 일행에게 해가 가지 않도록 네가 잘 지켜야 한다."

"예, 잘 알겠습니다."

종쇠가 단도를 꽉 쥔 채 고개를 끄덕였다. 집 안의 꼬마는 그 자리에 얼어붙은 채로 우리를 바라보고 있었다. 나인은 종쇠가 내려놓은 짐에서 요를 꺼내 마룻바닥에 깔았다.

"그럼 다녀오겠습니다. 아버지."

내관이 내게 고개를 끄덕일 때 나인이 내게로 다가와 말했다.

"혹시 돌아오실 때, 식량을 조금 구해 올 수 있겠습니까? 산성으로 오는 길에 받아오신 식량은 살펴보니 거의 절반가량이 썩어있었습니다."

그 말을 듣는 순간 기분이 묘했다. 나인에게서 죽은 아내가 겹쳐 보였다. 내가 바깥으로 나갈 때 내 손을 잡으며 살림에 무엇이 필요하니 돌아올 때 가져다줄 수 있겠느냐고 부탁하곤 했다. 나는 늘 어려워하는 시늉을 하면서도 집에 들어갈 때면 항상 그녀가 원하는 것을 가져가 놀래켜주곤 했다. 그저 작고 볼품없는 것일지라도 언제나 감사해했고, 행복한 모습을 보였었다. 아이들과 함께 웃곤 했다. 나는 그 모습이 너무도 사랑스러웠다. 하지만 내가 집에 있는 날은 그리 많지 않았다.

"장군."

나인이 내게 작게 속삭였다. 나는 다시 이름 모를 허름한 초가로 돌아왔다.

"안색이 창백합니다. 괜찮은 것입니까?"

그녀의 말에 황급히 대답했다.

"미안하오, 부인. 잠시 현기증이 올라왔소. 좋지 않은 모습을 보였구려. 식량은 될 수 있는 한 노력해 보겠소."

"자주 그런 것입니까?"

"괜찮소, 부인. 편히 쉬고 있구려. 금방 다녀오겠소."

나인은 나를 걱정스러운 눈빛으로 바라보더니 돌아갔다. 내관은 왕자의 옆에서 책을 꺼내어 무엇인가를 읽어주고 있었다.

밖으로 나와 기총을 찾아 걷기 시작했다. 산성으로 들어올 때만큼은 아니지만, 아직 거리는 인파로 북적였다. 이곳도 밤새 수많은 눈이 내린 모양이다. 머리 위에서 내리쬐는 햇살이 그간 쌓인 눈에 반사되어 머리가 쩽했다. 관아를 향해 걸어가며 들리는 사람들의 입소문으로는 어가는 이미 산성 안에 들어와 있는 것 같았다. 아마도 아침에 들어온 모양이다. 성안의 백성들은 다들 제 살기 바빠 보였다. 지붕 위에서 눈을 털어내는 이도 있었고, 집을 수리하는 이도 있었다. 민가에 먹을 것을 내놓으라며 은근히 창을 들이밀며 기웃거리는 병사도 보였다. 나는 그의 창을 발로 차고 칼을 목에 들이밀었다. 그자는 목 앞에 들어온 칼에 화들짝 놀랐다. 그가 떨며 내게 말했다.

"누구시오?"

"네놈은 네가 목숨 걸고 지켜야 할 힘없는 이들을 도리어 털어먹으라고 배웠느냐?"

"당신은 이제 일 났소. 병사에게 칼을 겨누는 것은 곤장으로 끝날 일이 아니오. 관아로 끌려가 목이 잘릴 것이오."

"큰일은 네놈이 치르고 있을 것이다. 군역의 자리에 있는 자가 어찌 약한 이들에게서 취하려 한단 말이냐?"

그 병사는 덜덜 떨면서도 제 할 말을 했다.

"위에서 밥도 제때 안 주는데 병사가 배가 주리면 싸울 수나 있겠소? 손자에 따르기를 배곯는 병사만큼 허약한 군대는 없다고 했소. 따지고 보면 다 이들을 위한 것이오."

"도대체 어느 병서에 그러라고 적혀있더냐? 그리고 네놈이 『손자』를 읽기는 하였느냐?"

칼을 더욱 높이 치켜들자 그의 목에 핏방울이 맺혔다. 병사는 자신의 위급함을 느끼고 내게 다급하게 손을 비벼대며 사죄했다.

"죄송합니다. 제가 실언을 했습니다. 한 번만 용서해 주십시오. 다시는 이런 일이 없도록 하겠습니다."

"또 이런 일을 벌인다면 네놈의 목이 네 몸뚱이에 붙어있는 일은 다시는 없을 것이다."

"예예, 나리, 감사합니다."

그에게 칼을 거두고 마패를 보였다. 그러자 그 병사는 황급히 내게 머리를 조아렸다.

"너의 지휘관은 어디 있느냐?"

"아마 지금 관아에 계실 것입니다."

"다들 거기에 있는 것이냐?"

"그렇습니다."

"안내해라."

칼을 거두자 병사는 목을 감싸 쥐며 기침을 내뱉었다. 그리고 내게 다시 한 번 넙죽 절을 하고 재빨리 길을 텄다. 저 병사가 훔치려

한 집의 아낙이 내게 말없이 고개를 숙였다. 저 병사가 데리고 가는 곳에 아까 만난 기총이 있을 것이다. 지금은 저 병사가 나의 칼에 용서를 빌었지만, 시간이 지나 먹을 것이 부족해지면 결국은 민가에서 식량을 취할 것이다. 지금도 먹을 것이 부족한데 이곳에서 머무른다면 어떤 일이 벌어지겠는가? 그 사실을 알지만, 나는 할 수 있는 일이 없다. 누구도 할 수 있는 일이 없을 것이다. 남도에서 올라올 속오군들에게 기대야 하는데 그들을 믿기 전에 그들이 어가를 구원하러 올라올지조차 단언할 수 없다. 각 지방의 군병들이 따로따로 어가를 구원하러 온다면 분명히 각각 파훼될 것이다. 어떤 이가 나서서 각 갈래에서 오는 군병들을 통합해야 한다. 허나 지금 이 나라에 그럴 만한 장수가 있는지는 의문이다. 이런 생각을 하며 병사를 따라 얼마를 걸으니 관아가 나왔다. 그가 내게 도착을 알렸다. 그리고 고개를 숙이며 다시 한 번 말했다.

"정말 죄송했습니다. 높으신 분인 줄도 모르고 제가 무례를 범했습니다."

"틀렸다. 너는 내게 무례를 범한 게 아니다. 네놈이 도적질을 하던 집에 살고 있는 불쌍한 이들에게 무례를 범한 거지. 자고로 군인은 백성을 지키기 위해 존재하는 것이다."

그러자 병사의 얼굴이 창백해졌다.

"이 무식한 놈이 또 실수를 범했습니다. 정말 죄송합니다. 나리."

"내게 사과할 일이 아니다, 이놈아. 매질로 너를 다스려야 옳은 처사일 테지만 한 번만 봐줄 터이니 다시는 그러지 말거라."

"예예, 나리. 나리의 은혜에 몸 둘 바를 모르겠습니다. 감사합니다.

나리."

그자와 더 이상 같이 있는 것이 역겨워졌다. 심지어 그가 말을 내뱉을 때마다 알 수 없는 어떤 괴상한 악취마저 느껴지는 듯했다.

"알겠다. 그만 가보거라."

병사는 내게 연신 고개를 숙인 후 자기가 있던 곳으로 사라졌다. 관아로 들어가니 다들 바삐 움직이며 지시하고 있었다. 안으로 들어가도 나를 제지하는 병사 하나 없었다. 다들 자기 할 일에 바빠 보였다. 관아의 입구에 아주 높은 대가 하나 꽂혀있었다. 그 대의 꼭대기에는 어떤 이의 머리가 달려있었다. 아마도 군율을 어긴 이가 적을 만나기도 전에 목이 잘렸을 것이다. 도망을 했거나 자리를 벗어났거나 아니면 군량을 축냈거나, 혹은 다른 이와 시비가 붙어 살인을 한 이일 수도 있다. 높은 장대에 대롱대롱 매달린 머리에는 이미 핏기란 핏기는 싹 사라져 창백해져 있었다. 추위에 이미 쪼그라들어 저 머리가 한때 사람의 머리에 붙어있었던 것이 맞는지조차 헷갈릴 지경이었다. 장대에 매달린 머리 아래에는 흰 천에 검은 글씨로 무어라 적혀있었다. 분명 죄목 내지는 악행을 적어놓았을 것이다. 가까이 가서 읽어보았다.

逆賊 趙賢(역적 조현)

나는 검은 글씨를 읽고 그 자리에 가만히 얼어붙었다. 기총은 내게 분명히 조현대감의 식솔들이라고 말했었다. 그렇다는 건 분명 임금이 우리의 신분을 조현대감의 식솔들인 것으로 꾸며놓았다는 뜻일 것이다. 임금은 나와 이야기할 때조차 불안해했다. 그는 궐 안에 믿을 이가 없다고 한탄했었다. 우리가 조현대감의 식솔들이라고 꾸며진 것은 그가 적어도 임금의 몇 안 되는 믿을 만한 사람이었을 것이라는 증거였다. 나는 비록 관직에 있었다고 할 수 있지만, 그자의 얼굴을 모른다. 나는 변방의 무관이었으니까. 그러나 글은 읽을 줄 안다. 저기에 적혀진 글은 나에게 위험을 가리키고 있었다. 무슨 일이 벌어진 것인지 감조차 잡히지 않는다. 이곳으로 오며 들었던 여러 가지 소문 중 하나는 어가가 아침에 들어왔다는 것이다. 그렇다는 건 아침에 들어오자마자 저자가 처형되었다는 것이다. 임금은 이 산성에 들어오자마자 실낱같은 실권을 잃어버렸다는 소리가 될 수도 있다. 어쩌면 이미 임금은 궐에서부터 두 팔다리가 모두 잘린 상태였을 수도 있다. 단언할 수 있는 것은 왕이 기댈 수 있는 자는 저자였던 것이다. 언제든지 목이 달아날 수 있는 자에게 의지했던 것이다. 이제는 그마저도 목이 잘려 관아에 본보기로 매달려있다. 그는 더 이상 임금의 곁에 남아있지 않다. 왕은 내가 왕자를 지켜주기를 바라면서 달랑 우리가 힘없는 조현대감의 식솔들이라는 것을 증명해 주는 마패 하나만을 내게 주었다. 임금은 자기 아들이 살아남기를 바라는 것인가, 그 나름대로 전력을 다해 나를 지원한 것인가? 한 가지 확실한 것은 이렇게 무능한 왕은 이 조그만 땅의 오랜 역사 중 이 자가 처음일 것이다.

일단 이곳에서 다른 이들이 바쁜 틈을 타서 도망가야 한다. 관아로 들어올 때의 목적은 기총을 만나는 것이었지만 이제는 그의 얼굴을 마주치는 것은 왕자의 남행에 있어서 크나큰 위협이 될 것이다.

그를 만났다가는 모두가 위험해질 수도 있을 것이다. 다행히도 아직 내 존재를 눈치챈 이들은 없어 보였다. 혹여 이들에게 붙잡힌다면 마패를 보이는 것보다 차라리 옥에 갇히거나 곤장을 맞는 것이 더욱 안전한 처사일 것이다. 있는 듯 없는 듯 조용히 걸음을 옮겼다. 다시 들어왔던 관아의 입구에 다다랐다. 이제 나가서 내관에게 이 사실을 알리고 남쪽으로 달아나야 한다. 이 성안에서는 적에게도 아군에게도 위험하다. 곡식을 들고 관아로 들어오는 병사들로 인해 입구 앞에서 기다려야 했다. 최대한 몸을 움츠리고 고개를 숙이고 입구가 열릴 때까지 기다렸다. 곡식을 들고 들어오는 이와 창칼을 잔뜩 등에 이고 들어오는 병사들이 지나가자 입구가 열렸다. 다행이다. 이제 나가기만 하면 된다. 나가려는 순간 분명 들어보았던 누군가의 목소리가 나를 불러 세웠다. 그 목소리는 지금 이 순간 제일 듣고 싶지 않았던 목소리였다.

"아니, 이게 어쩐 일이십니까? 나리."

돌아보자 나에게 자신의 이름을 각인시키려 노력하던, 성에 들어와서 내가 그토록 찾고자 했던 능글맞은 기총의 얼굴이 나타났다. 그는 나를 마치 오래 알기라도 했다는 양 반가운 표정으로 다가왔다.

"잠시 볼 일이 있어 이 근처에 와있었소."

"성에 들어오시면 저를 찾아오라고 말씀드리지 않았습니까? 높은 대감님의 자제분들이신데 제가 편의를 봐드리는 것이 마땅하지요."

이자는 아직 조현대감이 목이 잘린 것을 모른다. 절대로 이자가 관아에 들어가게 해서는 안 된다. 어떤 일이 있어도 밖에서 일을 만들어야 한다.

"말씀만 들어도 이루 표현할 수 없을 만큼 고맙구려. 그대 같은 자가 군영에 있으니 적들은 스스로 겁을 먹고 도망치는 것이 합당할 것이오."

기총은 내 말을 듣고 크게 웃었다. 그가 웃는 틈을 타서 그를 밖으로 데리고 나왔다.

"기총은 관아에 볼일이 있어 온 것이오?"

"그렇습니다. 성에 들어와서 보고를 드리지 않아 직접 말을 올리러 가는 중입니다."

생각해내야 한다. 이자가 절대로 저 머리를 보아서는 안 된다. 이자가 관아에 들어가지 못할 기발한 수를 생각해야 한다.

"관아에서 병사들이 이르기를 장군께서는 다른 이들을 데리고 북문의 망루를 시찰하러 가신다 하던데 기총께서는 헛걸음을 하신 것 같구려."

"그렇습니까? 제가 방금 막 북문에서 병사들을 대기시키고 관아로 들어오는 길이었는데 말입니다. 다른 분들을 뵌 일은 없었습니다만."

머릿속이 하얘지고 있었다. 무어라 말을 이어가야 할지도 더 이상 생각이 나지 않았다. 기총은 얼굴을 찌푸리며 잠시 생각하다가 내게 말했다.

"뭐, 장군께서 돌아오시면 그때 보고를 드리면 되겠지요. 성에 들어와 묵으실 만한 곳은 찾으셨습니까?"

"고맙소. 허나 나와 내 일행은 대감님 곁에 머물지 않을 것이오. 대감님과 어가는 이곳에 머무르실지 모르겠으나 조현대감께서 어린 아기의 안위를 걱정하시어 저희는 더 남쪽으로 내려가려 하오."

초관이 그 말을 듣고 잠시 서 있다가 내게 말했다.

"그렇다면 식솔 분들은 남쪽으로 내려가신다는 말씀이시지요?"

"그렇소."

정적이 흘렀다. 이내 기총이 입을 뗐다.

"혹시 제가 도와드릴 만한 일이 있겠습니까?"

다행이라 생각하고 이자를 떼어내려 했으나 그 순간 다른 생각이 불현듯 지나갔다. 잘만 하면 이자를 떼어내면서 이용해 먹을 수도 있을 것이다.

"지금 잠시 남문 근처의 허름한 초가집에서 일행을 머무르게 했소. 다시 출발하려면 새로운 말과 먹을 것 등이 필요하오. 말이 많이 지쳤소. 얼른 출발해야 하는데 혹시 기총께서 도와주실 수 있겠소?"

그가 잠시 머뭇거렸다.

"그럼 제가 관아에 잠시 들렀다 빠르게 나올 테니 잠시 기다리시지요."

"혹시 지금 바로 도와줄 수는 없는 것이오? 한시가 시급하오. 지금 당장 도와주는 것이 초관의 위치에서 힘든 일인 줄은 알고 있으나 우리 대감님의 말씀을 따르는 게 내게는 너무도 중요하오. 조금이라도 빨리 남쪽으로 내려가 자리를 잡아 어르신의 근심을 덜어드리고 싶소. 지금 이를 도와준다면 내 기총의 언행을 반드시 대감께 천거하리다. 이 말을 듣는다면 공명정대하신 조현대감님께서 반드시 이를 보답할 것이오."

그러자 그의 얼굴을 웃음꽃이 만개했다.

"저는 결코 남에게 무언가를 바라고 돕는 것이 아닙니다. 저 역시도 이 나라를 위하는 일이 조현대감님의 식솔 분들을 돕는 것이라고 생각합니다. 어서 저를 따라오시지요."

어리석은 무관은 결국 나의 세 치 혀에 속아 나를 말이 있는 곳으로 이끌었다. 참으로 다행이다. 이자를 속여 최대한 조현대감의 머리가 매달린 곳으로부터 멀리 떨어뜨려야 한다. 계속해서 말을 시켜야 한다. 이 자가 다른 이와 마주치는 것도 마주친 이와 말을 나누어서도 안 된다.

"어디로 가는 것이오?"

"성안에 들어와 들어보니 군마들이 모여 있는 마구간이 있다고 했습니다. 그 안에 말과 군량미가 함께 있을 것입니다. 그곳에서 남는 것을 나누어 드리지요."

"고맙소. 헌데 군량미를 나누어줘도 괜찮은 것이오? 성안의 식량이 넉넉한가 보오."

"아껴먹어야 할 것입니다. 허나 병사들이 먹는 것보다야 저희 무관들과 대감님 자제분들 같은 높으신 분들께 돌아가는 게 더 낫지요."

"그런 의견을 상관께도 피력한 적이 있소?"

"상관께서 자주 하시던 말씀입니다. 제가 이런 말씀을 드리면 종종 동의하시곤 했지요."

"그렇구려."

그와 말을 하며 걷는 사이 곁으로 많은 병사가 지나갔다. 다행히도 그에게 말을 거는 이는 없었다.

"혹시 어가에 관한 소식을 들은 것이 있소?"

"어가는 이른 아침에 들어오셨다고 들었습니다."

비록 자진해서 맡은 일은 아니지만, 임금에게 민망해졌다. 임금보다 먼저 출발했는데도 임금은 우리보다 먼저 이 성에 들어왔다. 지난 전란 때 느린 피란으로 인해 곤경에 처할 뻔했다는 것을 배운 것인지 내 예상보다 빠른 속도로 이곳까지 왔다. 허나 문제는 어가가 아무리 빨리 내려왔어도 적병은 그보다 더 빠르다는 것이다. 그리고 다른 문제는 어가는 아침에 들어왔다. 그렇다면 조현대감이라는 자는 입성하자마자 처형당했다는 것이다. 이 뜻은 그의 처형이 정해진 것이 아니라 입성 후 급박히 일어난 일에 의해 당했다는 말이 될 것이다. 지금 임금 곁에서 무슨 일이 일어나고 있는지 도무지 짐작조차 되지 않았다. 일단 이자에게서 최대한 많은 정보를 얻어내야 한다.

"임금께서는 이곳에 머무르시는 겁니까?"

"그것은 저도 잘 모르겠습니다. 저도 성에 들어온 지 얼마 되지 않아 많은 것을 알지는 못합니다."

임금과 같은 성에 있는 것은 그에게 부끄러운 일이다. 그러나 멀리 도망치는 것도 중요하지만, 그만큼 중요한 것은 왕자를 다른 이들에게 들키지 않는 것이다. 지금까지는 아무에게도 들키지 않았다. 하지만 임금이 들어왔다는 것은 그를 따라 수행원들과 관원들도 들어왔다는 것이다. 그 뜻은 왕자의 얼굴을 들킬 수도 있다는 것이다. 재빨리 얻을 것을 챙기고 이곳을 벗어나야 한다.

기총이 말했다.

"다 왔습니다. 안으로 들어오시지요."

그가 가리킨 곳에 조그마한 마구간이 있었다. 그 안에는 병사 한 명이 안을 지키고 있었다. 안에는 말들이 십여 마리가량 묶여있었다. 초관은 그에게 지시했다.

"말을 한 필 내어 오거라."

병사는 초관의 눈치를 보고 난처해하며 말했다.

"이곳은 군마들이 있는 곳입니다. 허투루 빠져나가지 못하게 잘 지키라 이르셨습니다."

그러자 기총이 나를 가리키며 말했다.

"무엄하다. 이 분이 누구인 줄 아느냐?"

그를 말리려 했으나 그는 이미 말을 내뱉은 후였다.

"바로 조현대감님의 자제분이시다. 얼른 내오지 못하겠느냐."

저 병사는 조현대감의 머리가 잘린 것을 알지도 모른다. 병사는 나를 한번 쳐다보고는 초관에게 말했다.

"잠시 바깥에서 말씀을 드리면 안 되겠습니까? 행궁에서 모든 무관께 밀령을 내리신 것이 있습니다."

기총은 나를 한번 보더니 내게 말했다.

"아랫놈이 무례를 범해 송구합니다. 밀령이 있다 하니 듣고 금방 돌아오겠습니다. 잠시만 기다려주십시오."

"편하게 다녀오시오."

그는 마구간의 문을 닫고 나갔다. 안에서는 보이지 않는다. 그들이 무언가 말을 하는 소리는 들렸으나 바람 소리에 묻혀 들리지 않았다. 지금부터는 판단을 제대로 해야 한다. 검집을 확인했다. 칼은 문제가 없었다. 저들이 말하는 소리가 끊긴 것 같다. 다시 저벅저벅 걸어오는 소리가 들렸다. 나는 문 옆에 말 먹이풀이 모여있는 곳에 몸을 숨겼다. 문이 삐걱거리는 소리를 내며 열렸다.

"오래 기다리셨습니다."

그자는 병사와 함께 들어왔다. 병사는 들어오며 의자에 걸쳐놓은 창을 슬쩍 집어 들었다. 초관은 말투는 부드러웠으나 검집에 올라간 그의 손에 핏줄이 서있는 것이 보였다. 이제는 확실해졌다. 저 둘을 신속하게 빠르게 해치우고 왕자를 성 밖으로 최대한 빠르게 피신시켜야 한다.

"나리, 어디 계십니까?"

창을 든 병사가 주변을 살피며 내가 숨어있는 곳 앞을 지나갈 때 그를 빠르게 덮쳐 베었다. 병사는 그대로 넘어졌고, 묶인 말들은 흥분해서 콧김을 내뿜으며 날뛰었다. 초관은 당황해서 칼을 빼려 했으나 검집에 칼이 걸려 꺼내지 못하고 있었다. 명색이 무관이라는 자가 제 칼조차 뽑아 들지 못하고 있었다. 그의 몸을 발로 차 넘어뜨렸다. 그에게 칼을 들이대고 그의 칼을 뺏었다. 그러자 그놈은 애써 웃음을 지으며 말했다.

"나리, 갑자기 왜 이러시는 겁니까?"

"저 병사가 무어라 말했느냐?"

"그것은 밀령입니다, 나리."

"이제는 아니다. 네놈이 살고 싶다면 바른대로 말하거라."

"나리께서 살고 싶으시다면 제게 겨누고 있는 이 칼부터 내려놓으시지요. 곧 다른 병사들이 올 것인데 이 광경을 본다면 나리께서 위태로워질 것입니다."

그가 내 칼을 바라보며 말했다.

"다른 병사들이 곧 몰려올 것이다. 그러면 네 말대로 나는 위태로워질 것이다. 그러나 지금 당장 위태로운 자는 네놈이다. 그러니 죽기 싫다면 어서 말하거라. 그렇다면 내 너를 살려주겠다고 약조하마."

기총은 잠시 머뭇거리다가 말했다.

"별다른 내용은 아니었습니다. 성안의 방비를 강화하라는 말씀이었습니다. 정말입니다. 그게 전부였습니다. 살려주십시오."

그는 쥐새끼 같은 눈으로 나를 살피며 바라보았다. 거짓이다. 그런 말을 하려고 내가 듣지 못하게 병사가 이 자를 밖으로 불러냈을 리가 없다. 그때 밖에서 누군가 걸어오는 소리가 작게 들렸다. 내가 고개를 돌린 순간 기총이 크게 소리를 질렀다.

"게 누구 없느냐!"

그를 재빨리 베었다. 그의 목이 몸뚱이와 분리된 채로 바닥에 뒹굴었다. 바깥에서 발걸음소리가 빨라졌다. 기총의 허리춤에 종이가 있었다. 그것을 집어 읽어보니 조현대감의 자제와 식솔들을 전부 잡아오라는 내용이었다. 도대체 일이 어떻게 흘러가는지 짐작조차 되지 않았다. 일단 지금은 밖에 있는 이들을 제치고 달아나는 것이 우선이다. 어떻게 하면 저들을 속이고 지나갈 수 있을까? 생각해내야한다. 머리가 시키기도 전에 기총의 갑옷을 벗겨서 내가 입고 있었다. 갑옷이 나와 맞지 않아 착용하는 데 애를 먹고 있었다. 밖에서 걸음 소리가 멈췄다. 아직 그의 갑옷을 채 다 입지도 못했다. 내가 외쳤다.

"밖에서 기다리거라!"

그러자 문밖에서 대답이 돌아왔다.

"알겠습니다."

갑옷을 다 입고 기총의 시체를 끌고 와서 말이 묶여있는 우리 안에 숨겼다. 기총의 머리는 말똥을 담은 통에 힘껏 던졌다. 처음에 베었던 병사는 말 먹이풀에 파묻혀있었다. 눈대중으로 보았을 때는 모르고 지나칠 수 있으나 자세히 들여다보면 분명 들킬 것이었다. 허나 저 병사마저 숨기기에는 시간이 부족하다. 분명 바깥에 있는 이들이 의심할 것이다. 이제는 나가야 한다. 말 먹이풀을 대충 시체 위에 마구 던져놓았다. 그리고 심호흡을 하고 밖으로 나갔다. 밖으로 나가니 제대로 먹지 못해 얼굴이 누렇게 뜬 병사 둘이 추위에 떨며 나를 쳐다보고 있었다. 그 둘은 나를 보더니 황급히 경례를 했다.

"도대체 어디 있다가 오는 것이냐?"

"송구합니다. 병장기가 녹이 슬고 손질이 필요하여 다시 지급받고 오느라 늦었습니다. 제 잘못입니다."

병사 중 왼쪽에 있는 자가 대신 나서며 내게 말했다. 그는 제 옆에 서있는 다른 병사를 두둔했다.

"전시에 군마를 보관하는 곳만큼 중요한 것이 또 있더냐? 이런 곳을 비워두고 가면 다음엔 엄벌을 면치 못할 것이다."

"알겠습니다."

말을 하던 병사에게 지시했다.

"너는 관아로 가서 이곳을 지킬 병사를 한 명 더 데리고 오거라. 그리고 너는 말 먹이풀을 구해 오거라. 말들이 뼈가 앙상한 게 보이더구나."

"한 명은 이곳을 지키는 게 낫지 않겠습니까?"

"지금 감히 내 명령에 대꾸하는 것이냐? 이곳은 중요한 곳이니 내가 지키고 있겠다. 너는 어서 다녀오거라."

"예. 장군. 얼른 다녀오겠습니다."

내게 말을 했던 병사는 나를 한번 힐끗 보더니 곧 사라졌다. 마구간 근처로 총포를 든 조총수들이 몇 지나갔다. 이곳에서 새로운 말을 한 필 가져간다면 좋겠지만 너무 위험이 크다. 이곳에서 먹을 것과 말을 가져가려 했지만 그러기엔 너무도 위험한 상황이다. 차라리성 밖 민가에서 취하는 것이 더 안전할 것이다. 지금은 어서 왕자가있는 곳으로 돌아가 성 밖으로 나가야 한다. 그곳에도 말을 묶어놓았으니 그 말을 이용하면 될 것이다. 왕자가 있는 초가를 향해 달음박질했다. 어느 정도 뛰자 숨이 차기 시작했다. 갑옷의 무게도 한몫했다. 임금에게 한 말이 사실이었다. 나는 늙었고, 오랜 기간 술독에빠져 살아 살은 불고 기력은 떨어졌다. 숨이 목에 걸리기 시작할 때묶어둔 말이 있는 곳이 보였다. 무언가 이상하다. 언덕 아래에서는집이 잘 보이지 않지만, 그 집에서 피어오르는 연기는 잘 보였다. 그런데 지금 집에서 피어오르던 연기가 보이지 않았다. 불길한 예감이엄습했다. 집으로 올라가니 병사 둘이 있었다. 한 놈은 집 안을 마구 뒤지고 있었다. 마당에는 올 때 가져왔던 곡식들과 말린 고기가땅에 이리저리 흩어져 있었다. 마루에는 아이가 어떤 노인의 시체를껴안고 울고 있었다. 내관은 마당에서 울고 있는 왕자를 껴안은 채로 종쇠와 같이 무릎을 꿇고 있었고, 다른 병사 한 놈은 피가 흥건한 노인의 시체 옆에서 나인을 겁탈하려 하고 있었다. 나인의 저고리가 풀어져 있었다. 나인은 몸을 뒤틀며 저항하고 있었다.

"무슨 짓들이냐!"

나인의 옷을 벗기던 병사와 집을 뒤지던 병사가 고개를 돌아보았다. 나인을 겁탈하려던 병사는 내가 목숨을 살려 쫓아낸 병사였다. 저 파렴치한 얼굴을 다시 마주하게 되자 역겨움과 분노가 치밀어 올랐다. 어찌 이리도 지독히 썩은 이들만 마주치는 것인가? 이미 이 나라에 환멸을 느낀 지는 오래였지만 이건 정도를 지나쳤다. 다들 이런 이들뿐이라면 이번에는 정말 나라가 망할 수도 있겠다는 생각이 들었다. 나인을 겁탈하려던 병사가 황망히 일어나 물었다.

"기총이셨습니까? 아까는 의복을 입고 계시지 않아 몰라보았습니다."

"그래, 네놈은 내가 한 말을 잊었나 보구나."

"결코 아닙니다. 저는 단지 명령을 수행하고 있었을 뿐입니다. 어떻게든 식량을 구해 오라는 명이 있었습니다."

"그래, 그 명령에 아녀자를 겁탈하라는 명도 있더냐?"

병사는 아무 말도 하지 못했다. 병사는 잠시 고개를 숙이고 있더니 다시 고개를 들었다. 그가 물었다.

"송구하지만 존함이 어찌 되십니까? 한 번도 뵌 적이 없는 분이십니다."

이 벌레만도 못한 놈은 나를 떠보고 있었다. 내가 죽인 자의 이름이 떠올랐다.

"나는 기총 박무량이다."

그러자 그 병사의 얼굴에 더러운 웃음이 피어올랐다. 병사는 들고 있던 창을 나인에게 겨누었다.

"우리의 상관이 바로 기총 박무량이시다. 민가를 털어 식량을 구하라는 명도 기총께서 내리신 것이다. 네놈이 손자 운운하더니 감히 무관을 사칭하느냐. 당장 칼을 내려놓지 않으면 이들을 싸그리 다 죽여버리겠다."

그 모습을 지켜보던 다른 병사도 어느새 창을 들고 내관에게 겨누었다. 나는 저 구렁이 같은 병사를 죽일 수 있다. 하지만 그와 같이 있는 다른 이까지는 내 능력의 밖이다. 한 번에 두 명을 죽일 수는 없다. 칼을 내려놓으며 종쇠에게 말을 걸었다.

"종쇠야, 내가 잘못되면 네가 우리 가족들을 돌봐야 한다."

그러면서 종쇠에게 눈짓을 보냈다. 그러자 종쇠는 조용히 단도를 살짝 꺼내 보였다. 나는 고개를 살짝 끄덕였다.

"자, 이제 칼을 이쪽으로 발로 차거라."

"알겠다. 지금 주겠다."

나는 발로 칼을 차는 시늉을 하다가 칼을 들고 냅다 달려들었다.

"종쇠야!"

병사는 달려드는 종쇠에 당황해 허둥거리다 창을 내게 헛찔렀다. 내 칼은 그대로 그의 목에 꿰뚫었다. 종쇠는 단도를 들고 그대로 다른 병사의 가슴팍을 찔렀다. 단도에 찔린 녀석은 피를 흘렸다. 그는 내게 엎드린 채로 빌었다.

"죄송합니다. 저는 그저 저자가 시켜서 따라온 것뿐입니다. 제발 살려주십시오. 제게는 먹여 살려야 할 노모가 계십니다."

그의 말을 듣지 않고 목을 베었다. 피가 문지방에 튀었다.

내관은 왕자의 눈을 가리고 있었고, 나인은 옷을 주섬주섬 다시 입었다. 그녀에게 담요를 건네주었다.

"괜찮소? 다친 데는 없소?"

"괜찮습니다. 허나 장군….'

그녀가 내 왼팔을 가리켰다. 왼팔에서 차가운 것이 흘러내리는 기분이 들었다. 창이 스치고 지나가 피가 흐르고 있었다.

"별거 아니오."

왕자에게 다가갔다. 내관은 왕자를 품에 안은 채 달래고 있었다. 다행히도 아무도 몸을 다친 사람은 없었다. 허나 몸이 다치는 일은 없었으나 마음을 다치는 일은 있었을 것이다.

"저자들이 어떻게 들어온 것이오?"

내관이 대답했다.

"말이 묶여있는 것을 보고 기웃대더니 들어와서 다짜고짜 나라의 명령이니 먹을 것을 내놓으라 했소."

"미안하오. 내가 보다 빨리 돌아왔어야 했는데 그러지 못했소."

"아니오. 그대가 아니었다면 다들 더욱 위태했을 것이오. 그나저나 먹을 것과 말을 구해 오겠다더니 빈손으로 온 것이오?"

"어서 성 밖으로 나가야 하오."

내관과 나인을 따로 불러 모든 것을 이야기했다. 조현대감의 머리가 잘린 이야기에 다다르자 둘 모두 당장 성을 떠나야 하는 것에 동의했다. 그 둘은 가져왔던 짐을, 나는 내려가 말의 상태를 살폈다. 말 먹이풀을 제때 주지 못해 기력을 회복하지 못했을 것이다. 또 자세히 보니 왼쪽 앞다리 말굽에 손가락만 한 가시가 박혀있었다. 짐승이지만 이런 상태로 여기까지 온 것이 미안해질 지경이었다. 가시가 박힌 곳에서는 피가 계속 흘러나오고 있었다. 녀석의 등을 손으로 쓰다듬으며 호흡을 가르다가 있는 힘껏 힘을 주고 잡아당겼다. 말은 하얀 콧김을 연신 내뿜으며 흥분했다. 전력을 다해서야 뽑을 수 있을 만큼 깊이 박혀있었다. 녀석의 고통은 이루 말할 수 없었을 것이다. 천을 찢어 말굽에 동여맸다. 성안에서 말을 받으려는 시도가 실패했으니 눈앞의 이 말이 우리의 최선일 것이다. 부디 버텨야 한다. 그때 나인이 내가 있는 곳까지 내려왔다.

"무슨 일로 내려온 것이오?"

"아까 보니 상처가 심하시던데 옷을 벗으시지요."

"괜찮소. 홀로 할 수 있소."

하지만 그녀의 말이 맞았다. 아까보다 피가 더 많이 흐르고 있었다. 그녀가 다시 한 번 말했다. 고통이 점점 심해지고 있었다.

"말발굽의 상처도 그리 정성스레 치료하시면서 정작 자신의 몸을 허투루 쓰면 안 될 일이겠지요. 벗으시지요. 장군."

"… 그럼 부탁하겠소."

앞서서 빼앗아 입은 기총의 갑옷을 벗었다. 그녀는 바가지에 떠 온 물로 피를 씻어냈다. 그러자 고통에 신음이 나도 모르게 흘러나왔다.

"조금만 참으시지요."

그녀는 씻은 상처에 천으로 두 겹을 덧대어 팔을 감싸주었다. 나는 그런 그녀를 물끄러미 바라보았다.

"아까 그 불한당들한테 험한 꼴을 당할 뻔했는데 괜찮소?"

그녀는 천을 묶으면서 나를 힐끗 바라보았다.

"비록 그 당시에는 놀라긴 하였으나 지금은 많이 진정되었습니다.

팔을 왼쪽으로 조금만 돌려주시지요."

왜 일개 궁녀에 불과한 이가 이 일행 중 한 명으로 뽑혔는지 가늠이 될 것도 같았다. 그녀의 말에 따라 팔을 돌렸다.

"앞으로 더 험한 일들이 기다리고 있을 수도 있소. 그래도 괜찮소?"

그녀가 마지막으로 질끈 동여매며 말했다. 쓰라렸다.

"나리를 살리기 위한 일인데 이런 일은 당연히 감내해야겠지요."

"대단하오. 내가 북방에 있을 때 내 휘하에 있던 부하들보다 그대가 더 용맹한 듯하오."

그러자 그녀가 나를 빤히 바라보며 물었다.

"장군께서는 어쩌다 관직에서 물러나셨습니까?"

"내가 관직에 있지 않은 것을 어찌 알았소?"

"송구하지만 지난밤에 나누신 대화를 들었습니다."

나인은 나와 내관이 나눈 대화를 들은 것이다. 아마도 나인의 마음속에도 우려와 불신의 감정들이 자리 잡았을 것이다.

"쫓겨나기도 하였으나 스스로 나오기도 하였소."

나인은 아무 말 없이 듣고 있었다. 그녀는 그녀가 묶은 매듭을 훑어보며 새로이 천을 덧대어 다시 묶어주었다.

"모시던 상관이 있었소. 그분이 전사하신 후 새로 온 상관은 나를 별로 탐탁지 않아 했소. 아니 정확히 말하면 나를 시기했소."

"부당한 일을 겪으셨나 봅니다."

"그렇다고 볼 수 있을 것이오. 허나 내게는 그것보다 다른 이유가 더 컸소."

"그게 무엇입니까?"

"나는 그간 단 한 번도 내 가족이 죽는 순간에 곁에 있어 주지 못했소. 그 사실이 나를 흔들었소."

이 말을 듣자 나인은 움직이던 것을 멈추었다.

"그들을 지켜주기는커녕 곁에 있어 주지도 못했다는 게, 그들이 마지막 순간에 느꼈을 그 두려움과 무력함을 나는 감히 상상조차 할 수 없다는 게, 너무나도 나를 흔들었소. 내 자신이 싫었소. 지금도 그렇고."

나인은 아무 말도 없었다. 고개를 들어보니 나인의 눈에 눈물이 맺혀있었다.

"송구합니다. 저는 단지 장군께서…."

"아마 나를 믿고 따르는 마음에 균열이 생겼을 것이라 생각하오."

"그렇지는 않았습니다."

"어째서 그리 생각하시오?"

나인은 눈물을 소매로 닦아낸 뒤 말했다.

"다른 이나 장군께서는 그렇게 생각할 수 있으나 제가 보기에는 장군께서는 행할 수 있는 내에서 최선을 다하고 있는 것으로 보입니다."

"나는 어명을 받았소. 전하께서 보상을 약속했기에 나서게 된 것이오."

"누구나 원하는 것이 있고 얻고 싶은 바가 있습니다. 그것을 위하여 다들 최선을 다해 살고들 있지요. 저는 장군이 바라는 그 보상에 대한 열망이 종국에는 우리 모두를 지키리라 믿고 있습니다."

"내가 그대들을 버리고 떠나버릴 수도 있소."

"그럴 수도 있겠지요. 그러나 그러실 분이 아니란 것을 압니다."

그녀는 내 손을 잡았다. 그리고 내 눈을 바라보며 말했다.

"장군께서는 자기 자신도 모르고 계십니다. 제가 보기에 장군은 충심이 깊은 것처럼 보입니다."

"그렇다면 그대가 틀렸소. 나는 이미 이 나라에 환멸을 느끼고 있소. 그게 내가 나라를 위해 수많은 전투와 전란을 겪으며 느낀 것이오."

"단순히 나라를 위하는 것만이 충심은 아닐 것입니다."

그녀는 그렇게 말하고 초가로 돌아갔다.

나라를 위하는 것만이 충심은 아니다…. 한낱 궁녀가 나를 가르치고 있었다. 허나 나는 배울 의지도, 배움이 들어갈 그릇도 가지고 있지 않았다. 나는 그저 내게 약속받은 그 조그만 땅만 얻으면 된다. 내겐 고향 집을 오랫동안 사라지지 않도록 지키는 것이 중요했다. 그것이 그나마 지금은 떠나버린 내 가족들을 위해 내가 할 수 있는 일일 것이라고 생각했다. 이런 생각을 간신히 떨쳐내고 고개를 돌려 언덕 아래의 마을을 바라보았을 때 짐을 꽁꽁 싸매고 있는 어떤 아낙의 옆에 어린아이가 서있었다. 그 아이가 나를 바라보았다. 내 딸아이였다. 내게 손을 흔들었다.

나더러 따라오라는 것이냐….

곧 따라가마….

조금만 기다리거라. 내 가엾은 딸아….

딸은 웃으며 손가락으로 어딘가를 가리켰다. 딸이 가리킨 손가락을 좇아 바라보니 산성의 남문이었다.

남쪽으로 가라는 것이냐….

나더러 계속 살라는 것이냐….

다시 돌아보니 내 딸은 없어지고 그 자리에 있던 다른 꼬마 아이가 아낙의 손에 이끌려 사라졌다.
"다들 준비가 되었네. 이제 출발할 것인가?"
내관이 다가와 물었다. 나는 대답하지 않았다. 나는 아이가 사라진 곳만을 바라보고 있었다.

추격자

오래 달리자 버려진 집들이 보이기 시작했다.

"잠시 쉬어가자꾸나."

모두들 매서운 바람을 헤치고 달려오느라 지친 기색이었다. 잠도 자지 못한 채 끌려오느라 피로했을 것이다. 말들도 연신 거친 호흡을 내뿜고 있었다.

"시란아, 충한과 함께 쉴 곳을 찾아보거라."

그들은 바로 출발했다. 그들이 사라지자 주손이 내게 다가왔다.

"도대체 저희가 맡은 일이 무엇입니까?"

"남쪽으로 도망간 아이를 찾아야 한다."

"아이라니요? 그게 무슨 말입니까?"

"우리를 풀어준 자가 그 아이를 찾기를 바란다."

"이 겨울에 그 아이를 무슨 수로 찾는다는 말입니까? 남쪽으로 피란한 아이만 수만일 것입니다."

"걱정하지 말거라. 아이의 용모와 누가 그 아이를 데리고 있는지 알고 있다."

"그렇다 하더라도 그 아이를 찾는 것은 어려운 일이 될 것입니다."

"지금 그것은 중하지 않다."

"그럼 무엇이 중한 것입니까?"

"그 아이를 진영이 데리고 있다."

주손이 놀란 기색을 보이며 나를 바라보았다.

"그자가 데리고 있습니까?"

"그렇다더구나."

"그 아이의 행방을 찾기도 힘든데 그런 자가 지키고 있다면 더더욱 어려운 일이 될 것입니다."

"아이와 딸려간 이들이 있으니 분명 그 속도가 더딜 것이다. 우리가 밤낮을 가리지 않고 달려간다면 능히 따라잡을 것이다."

"알겠습니다."

그러나 주손은 탐탁지 않아 하는 것 같았다. 그야 당연히 그럴 것이다. 북방 최고의 군인이었던 자가 그들을 데리고 있다는 사실은 추격하는 입장에서 이로운 일은 아니다.

"머물 곳을 찾았습니다."

시란과 충한이 돌아왔다. 그들을 따라가니 허름한 초가가 나타났다. 이미 주인은 그곳을 떠나 남쪽으로 피란을 간 것 같았다. 집 안에는 곡식은커녕 간단한 살림살이들조차 남아있는 것이 없었다.

"그래, 수고했다. 이곳에서 잠시 쉰 후 다시 출발할 터이니 눈 좀 붙이거라."

다들 말을 묶어놓고 저마다 주저앉아 눈을 감았다. 그러나 나는 눈을 감지 않았다. 잠에 들고 싶었다. 너무도 피곤했다. 그러나 잠에 들면 가족들이 꿈에 나타날까 두려웠다. 그리움에 빠지면 일을 그르칠 수도 있다. 점점 눈이 감겨온다.

내 아들이 다 해진 옷을 입은 채 산을 헤매고 있었다. 며칠을 굶었는지 뼈가 앙상했다. 아들은 나무껍질을 뜯어 품에 챙기고 나무 안에 살고 있는 벌레를 손에 집어 들었다. 그리고는 벌레를 입으로 가져갔다. 아들은 얼굴을 찡그리며 벌레를 삼켰다. 그리고 다시 벌레를 집어 들었다.

"괜찮으십니까?"

충한이 나를 바라보고 있었다. 나는 식은땀을 흘리고 있었다.

"괜찮다."

"무서운 꿈이라도 꾸셨나 봅니다."

아직도 가슴이 두근거렸다.

"무서운 꿈을 꾸긴 했지. 헌데 너는 왜 자고 있지 않으냐?"

"잠이 오지 않던 찰나에 앓고 계셔서 깨워드린 것입니다."

"그래. 고맙구나. 곧 출발해야 하니 잠시라도 눈 좀 붙이거라."

"알겠습니다."

충한은 자리에 돌아누웠다. 맞는 말이다. 참으로 무서운 꿈이었다. 제발 그 꿈이 나의 가족에게 현실이 되어있지 않기를 바랄 뿐이다.

"저들이 우리에게 맡긴 일이 무엇입니까?"

충한은 다시 일어나 앉아 내게 물었다.

"어떤 아이를 쫓는 일이다."

"그 아이를 찾아낸다면 그다음에는 어떻게 되는 것입니까?"

"일단은 그 아이를 찾는 것에 집중하거라."

"그 아이를 왜 쫓아야 하는 것입니까?"

충한에게도 우리가 누구를 왜 쫓는지 알려주긴 해야 한다.

"그 아이는 훗날 이 나라에 위협이 될 것이다."

충한은 잠시 말을 잃었다.

"그렇다면 아이를 죽이기라도 하는 것입니까?"

"필요하다면 그래야겠지."

"허나 저희가 비록 역적이라 해도 아이를 죽이는 일은 한 적이 없지 않습니까? 옳지 않은 일입니다."

맞는 말이다. 그러나 이 일을 해야만 역적의 오명을 벗고 가족에게 돌아갈 수 있다.

"너는 네 고향으로 돌아가고 싶지 않느냐?"

"바다 건너 섬나라가 제 고향이긴 하지만 기억조차 나지 않습니다. 가끔 제 고향 땅에서 떠오르던 해를 보는 것이 그립긴 합니다. 그러나 이제는 조선이 제 고향입니다."

"네 고향의 가족들이 있을 것 아니냐? 그들이 보고 싶지는 않으냐?"

"저는 어렸을 적 부모에게 버려졌습니다. 그렇게 조선으로 건너왔습니다. 그곳에 남아있는 가족은 없습니다."

충한과 오랜 시간을 함께했지만 처음 듣는 이야기였다. 내가 그동안 아우에게 이리도 무심했던 것인가.

"이번 일을 끝낸다면 너의 고향에서 떠오르는 해를 볼 수 있을 것이다. 네게 자유가 주어질 것인데 그것이 싫으냐?"

"옳지 않은 일을 하여 얻어낸다면 그것을 어찌 즐길 수 있겠습니까? 저는 차라리 저희가 유배되었던 곳에서 지내는 것이 더 행복했습니다."

"… 곧 출발해야 하니 눈 좀 붙이거라."

충한은 말없이 돌아누웠다. 다른 이들은 세상모르게 단잠에 빠져 있었다. 충한이 한 말이 귓가에 맴돌았다. 옳지 않은 일인 것은 맞다. 그러나 이 일을 해내야 나는 가족에게로 돌아갈 수 있다. 충한은 고향에 대한 미련도, 가족도 없으니 저렇게 말을 하는 것이 아닌가. 충한에게는 이 일이 절실하지 않은 것이다. 그렇게 속으로 되뇌었다.

"일어나거라."

일러주지도 않았는데도 다들 일어나 짐을 챙겼다.

"얼른 출발하자꾸나."

"어디로 가야 하는 것입니까?"

"우리가 쫓는 이들은 분명 남한산성을 거쳐 갈 것이다. 그곳에서 정비하고 남쪽으로 내려가겠지. 속도가 더딜 터이니 지금부터 쉬지 않고 남한산성으로 달려간다."

다들 군말 없이 말에 올랐다. 그리고 달렸다. 그 와중에 나도 모르게 충한에게로 눈길이 갔다. 충한이 무슨 생각을 하고 있는지 궁금했다. 그러나 충한이 이 일을 꺼림칙하게 여겨도 내 말에 기꺼이

따를 것을 알고 있었다. 파렴치하게도 충한의 충성심을 이용해야 한다. 그래서 더욱 신경이 쓰였다.

남한산성에 가까워지자 피란행렬들이 보이기 시작했다. 그때 주손이 말했다.

"봉화가 오르고 있습니다."

뒤를 돌아보자 봉화가 오르고 있었다. 예상대로 북방의 군인들이 패배한 것이다. 그러나 이리도 재빠르게 적이 내려올 줄은 몰랐다. 적에게 포위되기 전에 재빨리 성에 들어가 그들을 찾아내야 한다.

"서두르거라. 어서 성으로 들어가야 한다."

성에 들어가 진영의 흔적을 찾아야 한다. 봉화가 오르자 피란민들은 각자 앞다투어 성을 향해 나아가기 시작했다. 여기까지 달려오느라 콧김을 뿜어대는 말의 고삐를 더욱 잡아끌어 성을 향해 달렸다. 북문에 도착하니 병사들이 이리저리 바삐 움직이고 있었다. 나와 아우들이 말을 이끌고 들어가자 한 장수가 우리를 막아 세웠다.

"이 말들은 어디서 난 것이오?"

"본래 우리의 말이오."

"미안하지만 내려주셔야겠소."

"왜 그러는 것이오?"

"어명이오. 말 한 필이 소중하오."

그에게 내가 받은 동전을 내밀었다. 그는 한참 동안 그 동전을 바라보았다. 그러는 동안 더 많은 피란민이 부닥치며 들어왔다.

"지나가시오."

"혹시 우리 말고 이곳으로 말을 타고 온 이들을 본 적이 있소?"

"몇몇이 있기는 했소."

"그들 중에 아이를 데리고 있는 이가 있었소?"

"잘 모르오. 어서 가시오."

그러고는 장수는 망루 위로 올라갔다. 대체 이 동전의 정체가 무엇인가. 어명보다도 위에 있는 것인가? 허나 지금 그것은 중요하지 않다. 분명 진영의 일행은 말을 타고 왔을 터 그들은 이 성을 지나쳤거나 지금 이 조그만 성곽 안에 머무르고 있을 것이다.

"어서 들어가자꾸나."

성안으로 들어가니 피란민들의 행렬과 병사들이 엉켜 아수라장이었다. 주손이 내게 물었다.

"이런 곳에서 아이를 어떻게 찾습니까?"

"분명 진영은 관아에 들렀을 것이다."

"어떻게 확신하십니까?"

이들에게 우리가 찾는 아이가 왕의 아이라는 것을 알려줄 필요는 없다.

"관아에서 필요한 것을 취하고 남쪽으로 갔을 것이다. 일단 관아로 가자."

관아에 도착하니 병사들이 이리저리 뛰어다니고 있었다.

"너희들은 밖에 있거라."

관아에 들어가니 어떤 자의 머리가 잘린 채 대에 묶여있었다. 주변의 한 장수에게 동전을 내밀고 물었다.

"무슨 일이오? 벌써 적이 들어온 것이오?"

"성안에 역적이 있소. 우리 병사들이 그놈에게 당했소."

"그자가 말과 식량을 취해간 자요?"

"자세히는 모르오. 다만 군마를 모아두는 곳에 병사들이 목이 잘린 채로 있었다고 들었소. 지금 다들 그자를 찾느라 바쁘니 비키시오."

"말을 갈아타려는데 어디로 가야 하는지 아시오?"

"성안의 말과 곡식들은 내어줄 수가 없소. 우리 먹을 것도 없어서 백성들에게 취하고 있소."

"알겠소. 혹시 그 마구간이 어디 있는지 알려줄 수 있겠소?"

그자는 내게 동전을 돌려주며 남문 쪽으로 가라고 일러주었다. 밖으로 나가자 기다리던 주손이 물었다.

"어찌 되었습니까?"

"일단 남문 쪽으로 가자꾸나. 그곳에서 확인해야 할 것이 있다."

일행을 데리고 장수가 일러준 곳으로 가니 마구간이 나왔다. 그곳에 가니 수레 위에 시체들이 놓여있었다. 자세히 보니 상처와 베인 자국이 깔끔했다. 이렇게 해치우는 자는 분명 뛰어난 솜씨를 지닌 무위일 것이다.

"너희들이 보기에는 어떠하냐?"

"피란민이 한 것 같지는 않습니다. 분명 군역에 있던 자가 저지른 것 같습니다."

시란이 거들었다.

"맞습니다. 난도질하지 않고 정확히 숨통을 끊을 만큼만 상처가 나있는 것이 확실합니다.

충한도 고개를 끄덕였다.

진영이다. 무슨 연유로 이들을 죽였는지는 모르나 이런 실력을 가진 자는 진영일 것이다.

"서둘러 남문으로 가자. 그들이 이미 이곳을 빠져나갔을 수도 있다."

남문으로 가니 피란민들이 모여있었다. 나가려는 이들로 북적이고 있었다. 멀리서 보니 말에 탄 이가 눈에 들어왔다. 자세히 보이지는 않았으나 말 위에 어떤 아이가 올라타 있었다.

찾았다. 저들이다.

본능이 말해 주고 있었다. 그때 북쪽에서 포성이 들려왔다. 순식간에 아수라장이 되었다. 그들은 그사이에 남문을 빠져나갔다.

잡아야 한다.

피란민들을 헤치고 서둘러 나아가니 병사가 가로막았다. 말에서 내리라는 명령에 동전을 내밀었다. 그리고 병사를 밀치고 재빨리 문밖으로 나왔다. 그들은 이미 거리가 많이 멀어져 있었다.

"쏘거라."

"예?"

"저기 말 위에 오른 자를 쏘거라. 놓치면 안 된다. 지금 잡아야 한다."

주손이 활을 꺼냈다. 거리가 제법 멀었다. 주손이 시위를 당겼을 때 그자가 돌아보았다. 틀림없이 진영이었다. 그리고 화살은 그를 향해 날아갔다.

위협

"이보게. 정신 차리게!"

다시 내가 묶인 일행에게로 돌아왔다. 그는 주위에 아무도 없음에도 우리가 약조한 대로 내 아비 노릇을 하고 있었다.

"따로 아픈 곳이라도 있는 것인가? 자네가 쇠한 모습을 보이면 어쩌자는 것인가? 다들 자네만 믿고 있는데."

"죄송합니다, 아버님. 잠시 실례했습니다."

"다들 준비시켜 놓았네. 하루 쉬고 갈 것인가? 아니면 바로 출발할 것인가?"

"식량을 빼앗기진 않으셨습니까?"

"담고 있던 천이 찢겨 흩어졌지만, 다시 어느 정도 주워 담았네. 다행히 물로 씻으면 먹을 수 있는 것들이네."

식량은 그렇다 치지만, 다친 말발굽도 그렇고 심적으로 지친 일행들을 하루 쉬고 가는 것도 나아 보이지만, 한시라도 빨리 남문으로 나가는 것만이 살길인 것으로 보였다. 적병도 위험하지만, 아군도 크나큰 위협이 될 수 있다는 것을 보았다. 마패가 일행에게 실질적인 도움이 되지 않을까 했지만 대감의 처형으로 쓸모없는 동그란 쇳덩이가 되었다.

"바로 출발하지요. 이 성안도 위험합니다. 더 있다가는 다른 화를 당할 수도 있을 것입니다."

"알겠네. 다들 내려오라고 하겠네."

내관은 집으로 올라가 일행들에게 내려오라고 시켰다. 울고 있던 아이가 걱정되어 올라가 보았더니 아이는 아직도 눈에 눈물방울이 그렁그렁한 채로 제 할아버지를 껴안고 있었다. 왕자는 그런 아이를 바라보고 있었다.

"아들아, 이제 가야 한다."

왕자가 나를 바라보고 말했다.

"저 아이를 데려갈 수는 없는 것입니까?"

"아이의 사정은 딱하지만 데려가면 오히려 짐만 될 것이다."

"하지만 우리 때문에 화를 당한 것 아닙니까?"

그 말에는 가시가 있었다.

"우리가 여기에 있었던 없었던 저 병사들은 결국 이 집을 찾아왔을 것이다."

맞는 말이다. 결국에는 그 벌레 같은 녀석들이 이곳까지 꿈틀대며 기어왔을 것이다. 하지만 저 아이 할아비의 죽음에 우리의 책임을 지울 순 없다. 아이는 울다가 지쳐 얼굴이 퉁퉁 부은 채로 노인을 보고 있었다.

"혹시 다른 가족은 없느냐?"

아이는 고개를 가로저었다.

"너와 이 노인이 전부인 것이냐? 다른 이는 없느냐?"

"없습니다."

왕자가 나의 옷소매를 붙잡으며 조용히 말했다.

"비록 내가 자네의 아들 노릇을 하고 있지만, 이번만큼은 자네에게 명하네. 저 아이를 데려가게."

"아이는 관아에서 분명히 돌보아 줄 것입니다. 아이를 데려가면 얼마나 더뎌지는지 모르시는 겁니까? 지금 저희가 가지고 있는 말도 한 필밖에 없습니다. 그마저도 지치고 다친 말입니다."

왕자는 나를 정면으로 바라보며 근엄하게 말했다.

"그대의 말대로 지금껏 다 따라왔네. 그리고 그대의 말에도 동의하네. 하지만 정녕 우리의 책임이 없다고 그대는 단언할 수 있는가?"

잠시나마 군왕의 모습이 겹쳐 보였다.

"저 아이로 인해 저희가 위험해질 수도 있습니다. 정말 괜찮으신 겁니까?"

"저 아이를 데려가게."

이를 듣고 있던 내관이 나서서 말했다.

"아이는 어리고 또한 계집아이니 그리 많이 먹지도 않을 것이네."

"많이 먹지는 않겠지만 저 아이로 인해 저희의 속도가 더뎌지는 게 문제입니다."

"저 아이를 데려가게."

지금껏 어리숙한 모습을 보인 왕자였지만 지금 그의 표정은 확고

했다.

"저 아이 말고도 이 나라에 수많은 아이가 부모를 잃고 있을 것입니다. 그런 이들이 보일 때마다 다 데리고 갈 수도 없는 노릇 아닙니까?"

그러자 왕자는 얼굴을 찌푸리며 생각에 잠겼다. 그는 다시 어린아이로 돌아왔다. 짧은 시간이 지난 후 내게 말했다.

"자네의 말이 맞네. 그러나 저 아이가 홀로 남게 된 책임에서 우리는 자유로울 수 없네."

"좋습니다. 허나 만약 다른 위험한 상황이 나타난다면 저는 아이를 버리고 나리를 구할 것입니다. 아시겠습니까?"

왕자는 고개를 끄덕였다. 하는 수없이 아이에게 다가가 말했다.

"이리로 나오거라. 함께 가자꾸나."

아이는 두려워하며 고개를 저었다.

"할아버지가 여기 계시는데 어디를 간다는 말입니까? 싫습니다."

"여기 남으면 위험해질 것이다. 북쪽에서 오랑캐가 쳐들어왔다. 곧 이리로 들이닥칠 것이다. 어서 나오지 않고 무엇 하느냐?"

내관이 아이의 옆에 앉고 말했다.

"너의 할아버지는 좋은 곳으로 떠나신 것이다. 너를 우리에게 맡기셨으니 함께 가자꾸나."

"그렇지만 할아버지를 이대로 두고 어떻게 갑니까?"

아이는 울먹이며 말했다.

"너의 할아비는 분명 나라님께서 돌봐주실 것이다. 내 약조하마."

내관은 인자한 얼굴로 아이를 달랬다.

"정말입니까?"

"그렇다. 우리가 잘 말씀드리마. 이름이 무엇이냐?"

"나희입니다."

"아주 예쁜 이름이로구나."

아이는 아무 말도 없었다.

"혹시 배가 고프지는 않으냐?"

그는 아이에게 말린 고기를 건넸다. 아이는 받기만 할 뿐 먹지 않았다.

"귀한 것이다. 오래 굶었을 터이니 어서 먹거라."

아이는 계속 죽은 노인을 바라보고 있었다. 내관이 손을 건네어 이끌자 아이는 시선은 계속 노인을 바라보며 따라왔다. 내가 내관에게 물었다.

"먹을 것이 풍족한 편은 아니지요?"

"풍족하지는 않으나 아껴먹으면 그래도 꽤 오래 버틸 수는 있을 것이네."

다들 집에서 나와 언덕 아래로 내려오게 했다. 힘들고 지친 일행에 손이 많이 가는 어린아이 하나가 늘어났다. 한숨이 나왔지만 별수 없지 않은가, 저들에게 들은 대로 그저 행하는 수밖에. 내관이 왕자를 안고 말 위에 올랐다. 계집아이는 나인의 손을 잡고 있었다. 종쇠는 어느샌가 알아서 짐을 메고 따라와 붙어있었다. 내가 빼앗아 입은 초관의 갑옷에 피가 묻어있었다. 나는 갑옷을 벗어 던졌다. 그리고 다른 이가 볼 수 없도록 눈으로 갑옷을 잘 덮었다. 다시 칼을 찼다.

"출발하겠소. 다들 힘들겠지만, 꼭 붙어서 잘 따라와야 하오."

다시 이들을 이끌고 출발했다. 왕자를 태운 말은 절뚝거리며 힘겹게 걸음을 내디뎠다. 다른 이들도 그에 맞춰 걸었다. 겨울 해는 매우 짧다. 해가 지기 전에 적어도 안성에는 도착해야 한다. 남문으로 가는 길에는 성에 들어왔을 때보다는 적은 사람들이 있었다. 그러나 다들 날카로웠다. 이 성으로 쫓겨 들어온 낯선 이들에게서 자신의 것들을 절대 빼앗기지 않겠다는 의지가 보였다. 그런가 하면 팔도 제일의 요새라는 이 성마저도 불신해 봇짐을 싸매고 이리저리 도망가려는 이들도 보였다. 가끔 눈길을 보내는 이들은 말을 타고 있는 왕자의 모습을 보았기 때문이리라. 남문에 도착하자 꽤 여럿이 성 밖으로 빠져나가고 있었다. 문으로 나가려 하는 순간 군병이 나를 가로막았다.

"왜 그러시오?"

"잠시 기다리시오."

"무엇 때문에 그러는 것이오?"

"기다리시오."

병사는 내게 명령했다. 그러고는 성곽 위로 올라갔다. 설마 내가 죽인 병사들을 알아차린 것인가. 하지만 그럴 리는 없다. 내가 그들을 죽였다는 증거는 없다. 만약 내가 그들을 죽인 것을 알아차린 것이라면 여기서 빠져나갈 수 있을까? 눈앞에만 보이는 병사는 예닐곱이다. 망루 위에서 총포를 쏘아댈 테니 무사히 빠져나가는 것은 어림도 없다. 상산의 조운이 다시 살아 돌아온다 해도 이렇게 촘촘하고 협소한 곳은 살아서 못 빠져나갈 것이다. 일행들은 불안한 눈빛으로 나만을 바라보고 있었다. 성곽 위로 올라간 군병은 그의 윗사람을 데리고 내게로 내려왔다.

"무슨 일이오?"

"당신은 누구요?"

지휘관이 내게 물었다.

"그게 무슨 말이오?"

"저 말은 어디서 났소?"

"한양에서부터 가져온 말이오. 말을 가지고 있는 것이 문제가 되는 것이 있소?"

지휘관은 나를 차갑게 바라보며 말했다.

"전시에 말 한 필보다 소중한 것은 없소."

"알고 있소."

"미안하지만 말에서 내려주시오. 가져가야겠소."

지금까지는 이런 상황이 닥칠 것을 예상해 마패를 들이밀었었다. 하지만 대감의 잘린 모가지는 더 이상 마패의 신원을 보장해 주지 않는다. 오히려 위험에 빠뜨릴 수도 있을 것이다. 이자가 무엇을 알고 무엇을 모르는지 알 수 없다. 허나 말을 내주는 것은 큰 손실이다. 말이 있기에 지금처럼 빠르지도 않고 느리지도 않은 적당한 속도로 내려왔다. 말이 없다면 일행의 속도는 더욱 느려질 것이다.

"그럴 수는 없소."

"나중에 나라에서 변상할 것이오."

전란 때마다 지겹도록 들었고 지겹도록 내가 했었던 말이다.

나중에 다 나라님이 보살펴주실 것이다.

그러나 나라님은 나중이 되면 다 잊어버리신다.

이 말을 듣는 입장이 되어보니 착잡한 마음에 할 말이 없어졌다.

"어서 내리시오."

"우리가 누구인 줄 아시오?"

"그대가 어떤 대갓집 자제이건 상관없소. 나라를 위한 일에 위아래는 없소."

이 성에 들어와 처음으로 마주한 군인다운 군인이다. 그런데 정작 지금 제일 우리의 발목을 잡고 있는 건 이자다.

"우리에게는 아이가 있소."

"많고 많은 아이 중 하나요."

"저 아이가 누구의 아이인지 아시오?"

"상관없소. 다 똑같은 아이요. 전란에서 이겨야 저 아이도 지킬 수 있는 것이오."

이렇게 자신만의 신념으로 무장한 강직한 기개의 장수는 오랜만이었다. 이런 자는 대개 전란에서 이치에 맞게 움직인다. 병사들의 존경을 받으며 군율을 지엄히 하고, 나아가 전공을 올리는 그런 장수다. 허나 전란이 없는 시기라면 정작 시골 변방만 전전하다 아무도 그 이름조차 모르게 사라질 장수다.

"내리지 않는다면 무력을 쓰겠소."

그 장수는 강경하게 말했다.

"알겠소. 그대의 말대로 따르겠소. 다만 시간을 조금 주시오."

"알겠소."

내관을 바라보자 그는 알았다는 듯이 고개를 끄덕였다. 내관은 왕자의 귀에 대고 무엇인가를 속삭였다. 내관이 왕자를 데리고 내리려고 할 때 포성이 은은하게 들렸다. 북쪽이었다. 포성을 듣자 병사들이 동요했다. 남문을 빠져나가는 이들은 서로 먼저 나가려고 밀쳐대기 시작했다. 한 번 들린 포성은 점점 횟수가 늘어나고 소리가 점점 더 커졌다. 내 앞에 있던 장수는 우리를 그대로 둔 채 성첩 위로 지휘를 하러 다급히 올라갔다. 나는 말의 고삐를 잡고 그대로 거칠게 문밖으로 끌고 나갔다. 최대한 빨리 일행을 성 밖으로 인도했다. 일행을 재촉하고 난 후 고개를 돌려 바라보니 그 장수는 망루에서 병사들에게 이리저리 크게 손짓하며 소리를 지르고 있었다. 병사들은 성 위에서 이리저리 뛰어다니고 있었다. 그 아래로는 많은 이들이 좁은 문으로 제 먼저 나가겠다고 아우성이었다. 정신없이 바삐 산자락을 따라 걷다 보니 어느새 산성이 시야에서 거의 사라졌다. 내관이 내게 조용히 말했다.

"무사히 빠져나온 것 같아 다행이네."

"우리에게는 다행이나 저 병사들에게는 재앙이 될 테지요."

"… 내가 경솔했네."

말 위에 조용히 앉아있던 왕자가 내게 물었다.

"어가는 무사히 빠져나오신 건가?"

"아침에 들어오셨다 들었으니 아마도 성을 빠져나와 안전한 곳에 계실 것입니다."

그 말은 거짓이었다. 아니 거짓이라기보다는 헛된 희망 쪽에 가까웠다. 어가는 아마도 산성에 머무르고 있을 것이다. 아침에 성을 들어왔으면 남쪽으로 빠져나갈 시간이 부족했을 것이다. 혹여 기적처럼 재빨리 수행원 몇만 데리고 나갔을 수도 있으나 성에 들어오자마자 조현대감이 처형된 것을 보면 아주 성에 눌러앉으려고 했을 것이다. 왕자가 임금의 안위를 걱정하는 만큼 임금도 자식의 안위를 걱정하고 있을 것이다. 그는 그가 준비해 준 것들이 쓸모없어졌다는 것을, 이 일행이 금방이라도 꺼질 불꽃처럼 언제든지 위험에 처할 수 있다는 것을, 남모르는 어린아이가 일행에 합류한 것을 짐작이나 할 수 있을 것인가. 그는 오랑캐와 싸우면서 궐의 신하들과도 싸워야 한다. 싸운다는 표현은 과분하다. 그는 싸우는 것이 아니라 당하고 있는 것이다. 그가 누구에게 무릎을 꿇을지 어떤 신하들의 장단에 놀아날지 안타깝지만, 그것은 그의 무능 때문이다. 그 누구보다도 더 큰 죄악은 그의 무능이다. 그런 왕이 다스리는 나라에서 왕자를 데리고 피란하고 있다. 과연 안전하게 저 아이를, 아니 두 아이를 지켜낼 수 있을 것인지 나는 확신할 수 없다. 포성은 한 발이 들린 것이 아니었다. 여러 발의 소음이 들린 것은 우리가 쏘았거나 적이 성벽을 향해 쏘았거나 둘 중 하나일 것이다. 무엇이 되었든 적은 성 가까이에 근접해있다. 그렇기에 더더욱 빨리 남쪽으로 내려가야 한다.

포성이 다시 한 번 은은하게 들려왔다. 산성이 있는 쪽을 향해 뒤를 돌아보았을 때 말을 탄 이들이 먼발치에서 활을 들고 우리를 겨누고 있었다. 화살이 날아왔다. 그들이 쏜 화살은 내가 서 있는 바로 옆 나무에 박혔다.

뛰어야 한다.

내관은 날아온 화살에 사색이 되어있었다.

"뜁시다."

다들 멍하니 화살을 바라보고 있었다. 다시 화살이 날아와 귓가를 스치고 지나갔다.

"뜁시다!"

일행은 달리기 시작했다. 나는 절뚝이는 말의 고삐를 잡고 달음박질했다. 도대체 저들은 누구인가? 분명한 것은 우리가 쫓기고 있다는 것이다. 저들은 말을 타고 있다. 이대로 가다가는 모두 잡힐 것이다. 저들의 시야에서 사라진 다음 숨어야 한다. 지금으로써는 그 방법밖에 없다.

"따라오시오!"

다들 열심히들 뛰고 있지만 너무나 더디다. 흐르는 개울을 따라 나무들이 우거진 곳으로 일행을 이끌었다. 그러자 화살을 쏜 이들이 더는 보이지 않았다. 그렇게 산자락을 따라 이동하니 개울가에 조그만 굴이 하나 있었다. 마치 이곳에 숨으라는 듯이 있었다.

"이곳에 몸을 숨깁시다."

다들 헐떡이며 굴 안에 들어왔다. 저들이 지나간 후 움직여야 한다. 먼저 달아났다간 눈 위의 발자국이나 떨어진 말똥이 저들에게 단서가 될 것이다. 멀리서 말발굽 소리와 고함 소리가 들려왔다. 그리고 점점 소리가 멀어졌다. 한시름 돌렸지만, 도대체 저들은 누구인가? 그들의 복장을 보아하니 군병들은 아니다.

"우리의 존재를 아는 이들이 또 있소?"

내관은 창백한 얼굴로 고개를 저었다.

"궐 안의 극히 소수만 알고 있소."

"그렇다면 그들 중 내통자가 있구려."

"그럴 리 없소. 다들 믿을 만한 이들이오."

"그럼 저들은 누구란 말이오?"

내관은 아무 말도 하지 못했다. 다들 말없이 숨죽이고 있었다.

"해가 지고 있습니다."

오랜 시간이 지나고 나인이 입을 열었다. 그녀의 말대로 해가 벌써 산 중턱을 넘어가려 하고 있었다. 하지만 주위에 민가는 보이지 않았다.

"잠시 여기서 기다리시오. 확인할 것이 있소."

내관이 내 팔을 붙잡고 말했다.

"조심하시오."

"알겠소."

몸을 낮추고 기어가듯 소리가 났던 방향으로 향했다. 눈 위에 발자국들이 마구잡이로 뭉쳐 있었다. 그러나 조금 더 따라가 보니 발자국들은 남쪽을 향해 있었다. 그들은 이 산을 뒤지고 이미 우리가 달아난 줄 알고 남쪽으로 향한 것이다. 다시 굴로 돌아갔다. 다들 염려하는 표정으로 나를 바라보았다.

"저들은 이미 이 산을 지난 것 같소. 다시 움직입시다."

그러자 나인이 물었다.

"저들이 만약 남아있다면 어찌합니까?"

"내가 이미 확인하였소. 걱정하지 마시오."

일행은 주변을 힐끗거리며 천천히 굴에서 나왔다.

"해가 넘어가기 전에 다들 더 빨리 걸읍시다. 해가 지기 전에는 적어도 움막이라도 찾아야 하오."

그러자 다들 걸음이 빨라지기 시작했다. 무섭도록 빠른 속도로 어두워지기 시작했다. 눈 쌓인 진창길을 따라 얼마 걸으니 기둥이 한쪽으로 치우친 초가집이 하나 나왔다. 주변에 우리를 쫓는 이들의 발자국 같은 것은 보이지 않았다.

"여기서 기다리시오."

칼을 빼 들고 집 안을 살폈다. 집에는 아무도 없었다. 급하게 도망친 흔적이 보였다. 몇몇 다 해진 옷가지들이 버려져 있었다. 문지방은 부서져 있고, 문에서는 바람이 조금씩 스며들어 왔다. 아궁이에는 쌀이 몇 톨 있었고, 바깥의 장독대는 다 깨져 안에는 남은 것이 없었다. 곧 무너질 것 같은, 다 쓰러져가는 집이기는 하나 지금 이 집보다 더 나은 집을 찾기는 어려울 것이다.

"다들 들어오시오."

다들 들어가서 행낭을 풀었다. 그러나 다들 불안한 눈빛이었다. 종쇠는 다른 이들이 쉬는 것을 보고 그제야 앓는 소리를 내며 앉았다. 말은 집 안까지 데리고 들어와 고삐를 묶었다. 갈기를 쓰다듬으며 보니 말이 어느새 뼈가 앙상하게 드러나기 시작했다. 이 다치고 지친 말을 먹이지 않으면 길어야 내일이나 모레 중으로 끝장이 날 것이다.

"내일 동이 트는 대로 떠날 것이니 알고 계시오."

오랑캐

      내관은 왕자에게 가지고 온 털 이불을 덮어주었다. 왕자는 나희에게 같이 덮자고 말했다. 내관이 잠시 말렸으나 이내 고개를 끄덕이고 종쇠에게 장작을 구해 오라고 시켰다.

"다녀오겠습니다, 나리."

"이보게, 날도 어두운데 함께 가지."

"예, 나리."

종쇠는 말을 듣고 밖으로 나갔다. 밖에서 보니 하찮기 짝이 없는 집이었다. 안에서는 아이들을 먹일 식사를 준비하고 있을 것이다. 나는 종쇠와 함께 주위를 둘러보았다. 눈이 쌓여 주변에 장작이 될 만한 가지들은 보이지 않았다. 서쪽과 남쪽으로 산이 둘러싸고 있었다. 집은 바깥에서 보기에는 잘 숨어있었다. 남쪽 방향에 산자락 끄트머리가 있어 그쪽을 향해 얼마를 걸었다. 산에 도착하니 장작이 될 만한 것들이 꽤 있었다. 말에게 먹일 것을 조금이라도 찾아보려고 이리저리 둘러보았지만, 아무것도 없었다. 종쇠는 말없이 장작을 주었다.

"잘해주었다."

"무엇을 말입니까?"

종쇠는 장작을 줍다 말고 내게 물었다.

"네가 나를 돕지 않았느냐."

"사실 두려웠습니다."

"무엇이 말이냐?"

"사람을 찌르고 죽이는 일은 해본 적이 없는 일입니다."

"누구에게나 처음은 있는 법이다. 두려운 것도 당연한 일이지."

"짐승을 죽일 때도 마지막 순간 파르르 떨리며 꺼져가는 그 심장 소리에 치를 떨곤 했습니다. 하물며 한낱 짐승도 그러한데 사람은 어떻겠습니까?"

"그자는 악한 자였다. 남의 것을 빼앗고, 병사로서 자기가 맡은 바를 행하지 않으려는 악한 자였다. 너무 마음에 담아두지 말거라."

종쇠는 홀로 생각에 잠긴 후 내게 말했다.

"저도 제가 한 일이 옳은 것임은 알고 있습니다. 허나 마음속 깊숙이 남는 것은 어쩔 도리가 없습니다."

"너는 내게 네 짝이 있다고 하지 않았느냐."

노비는 고개를 끄덕였다.

"소중한 것을 지키기 위해서라면 어떤 일이든 감내할 줄 알아야 하는 법이다. 훗날 더한 일이 네게 벌어질 것이다. 네 짝을 위해 무엇이든 할 수 있겠느냐?"

날카로운 종쇠의 시선이 느껴졌다.

"물론입니다."

"그렇다면 그렇게 계속하거라. 너는 네 짝과 함께 분명 좋은 삶을 살 것이다."

종쇠의 어깨에 손을 얹으며 말했다. 그는 궐에서 출발한 이후로 처음으로 미소를 지었다. 어둠 속에서도 그가 웃고 있는 게 느껴졌다. 나도 그 모습에 오랜만에 웃음이 나왔다. 하지만 그 웃음이 쓴 웃음인지 정말 마음 내키는 대로 웃음을 내뱉은 것인지는 나조차도 헷갈렸다. 허나 확실한 것은 정작 이 나라에서 제일 천하다는 노비인 이 자와 함께 있을 때, 가장 마음이 편했다.

"이 정도면 다 모은 것 같습니다. 나리."

종쇠는 팔에 한가득 나뭇가지를 모은 채 내게 말했다. 장작이 될 만한 나뭇가지를 찾으러 나오다 보니 어느새 일행들이 있는 곳에서 멀리 떨어져 있는 산자락까지 와있었다.

"그런 것 같구나. 슬슬 돌아가자꾸나."

"예. 나리."

종쇠와 함께 돌아가기 시작했다. 그때 종쇠가 내게 물었다.

"헌데 한 가지 물어볼 것이 있습니다."

"무엇이냐?"

"정말 어가 행렬이 성에서 무사히 나오신 것입니까?"

종쇠는 내게 자신의 짝이 어가와 함께 있다고 했었다. 그는 그녀의 안위를 염려하고 있는 것이었다. 이 노비에게 사실대로 내 생각을 말할지 아니면 헛된 희망을 불어넣어 주어야 하는지 고민되었다. 하지만 이 노비는 내가 왕자에게 하는 이야기가 그저 어린아이에게 안심을 시키기 위한 임시방편임을 알고 질문하는 것이었다. 나는 어떻게든 진실을 말해 주어야 했다. 순수한 인격을 갖춘 이를 속이는 내키지 않았다.

"나도 잘 모르겠구나."

"빠져나오지 못한 것입니까?"

종쇠는 내게 다급하게 물었다.

"확답을 해주기 어렵구나. 성에서 빠져나왔을 수도 있다. 허나 성에 남아있을 것이라는 생각이 드는구나."

"그렇다면 빠져나왔을 수도 있다는 말입지요?"

종쇠는 내게 애원하듯 물었다.

"확실한 건 없다."

"분명히 빠져나왔을 것입니다."

그는 확신에 찬 표정으로 말했다. 그렇게 말해야 그의 마음이 놓이는 것 같았다. 자기 스스로 믿고 싶었던 것이다.

"빠져나오지 않더라도 네가 사랑하는 이는 무탈할 것이다."

"어째서 그런 것입니까?"

그는 반색하며 내게 물었다.

"설령 오랑캐들이 전란에서 이긴다고 하여도 한 나라의 우두머리인 임금의 수행원들을 어떻게 하지는 않을 것이다. 저들도 그들의 예법이 있다."

말은 이렇게 하였으나 장담할 수는 없었다. 오랑캐들이 눈앞의 이익만을 위해 움직이며, 닥치는 대로 죽이는 족속들이긴 하였으나 지금은 통일된 나라를 칭하며 쳐들어온 것이다. 왜구들도 해적들이 해안가를 약탈을 일삼는 것과 통합된 군으로서 침공한 것은 성격이 달랐었다. 어찌 되었든 야만적이기 이를 데 없었으나 적어도 그들은 사신을 보내어 예법을 갖춘 이들인 척 협상을 하고자 하는 시늉이라도 내긴 했었다. 하지만 이번 적은 어떤 태도로 나올지 아직은 그 누구도 몰랐다.

"많이 걱정되느냐?"

"그렇습니다."

"처음 떠날 때는 걱정되지 않는다고 하지 않았더냐."

"어가와 함께 있으면 안전할 것이라 생각했습니다. 헌데 적들이 이리도 빨리 들이닥칠 줄은 몰랐습니다."

"나도 마찬가지다. 정말 빠르게 내려왔구나."

"부디 안전하기만을 바랄 뿐입니다."

"그럴 것이다."

"허나 걱정입니다."

"무엇이 말이냐?"

"제 짝이 살아도 제가 살아야 만날 수 있는 것 아니겠습니까?"

종쇠는 장작을 잔뜩 든 채 가쁜 숨을 몰아쉬며 말했다.

"저희를 쫓는 이들에게 잡힌다면 분명 죽임을 당할 것입니다."

아무 말도 할 수 없었다. 나조차도 한 치 앞이 예상되지 않았다. 일부러 주제를 돌렸다.

"그나저나 네 짝의 무엇이 그리 마음에 들더냐?"

그러자 종쇠가 신이 나서 말했다. 잘된 일이다. 두려움이 우리를 지배해서는 안 된다.

"일하는 모습을 남몰래 바라본 적이 많았습니다. 다른 이들의 눈에는 모르겠지만, 제 눈에는 너무도 아리따웠습니다."

"용모에 반한 것이냐?"

"그런 것도 있으나 어떤 일이건 군말 없이 수수하게 자기 일을 하는 모습이 너무도 아름다워 보였습니다."

"그렇구나."

"한 번은…."

"조용히 하거라."

종쇠의 입을 급하게 막고 덤불 속으로 엎드렸다. 어둠 속에서 오래 있어 눈이 차츰 적응되었다. 왕자가 머물고 있는 초가집 쪽에 자그마한 불빛과 그에 비치는 시커먼 형체들이 몇 있었다. 덩치로 보아서는 남정네들 몇이 있는 것 같았다.

"너도 보이느냐?"

"저는 잘 보이지 않습니다."

"이리로 와서 보거라."

종쇠를 끌어서 앞에 있는 소나무 사이로 보게 했다.

"보입니다, 나리."

머리에 푸른 두건을 두르고 있는 것이 보였다. 또한, 그 숫자와 체구를 보아하니 우리를 쫓던 이들은 아니었다.

"저들은 분명 다른 곳에서 온 이들일 것이다."

"내가 준 단도는 가지고 있느냐?"

"예, 나리."

그는 칼을 꺼내어 보였다.

"잘했다. 저들에게 다가가기 전까지는 칼을 뽑지 말거라. 저들을 죽이는 그 순간에 칼을 뽑거라. 칼날의 빛이 반사되어 우리가 노출될 수도 있다."

"예, 나리."

멀리서 가만히 지켜보니 서너 명 정도 집 주변에서 서성거리고 있었다. 초가집에서 비명이 자그맣게 울려 퍼졌다. 여자의 비명이었다. 종쇠는 칼을 꺼내고 나를 바라보았다.

"아직이다."

"나리가 위험에 빠지시면 어떡합니까?"

"확실할 때 움직여야 한다."

"알겠습니다."

집에서 사람들이 나왔다. 집 안에 있는 이들을 끌어내는 것 같았다. 더 확실하게 주변을 확인했어야 하는데, 내 실수였다. 저들이 적병인지 아니면 화적 떼인지 이 고을에 살던 이들인지는 이곳에서는 알 수 없다. 저들에게 접근해야 한다. 집 안에 들어갔던 이들마저 다 나오자 다 합쳐 쪽수가 예닐곱은 되는 것 같았다. 그들은 집에 있던 이들을 끌고 나왔다. 말은 연신 울음소리를 내며 반항했으나 저들은 채찍으로 말을 마구 때렸다. 말이 이내 조용해졌다. 저들은 저 집에서 취한 것을 이끌고 우리가 숨어있는 산자락 쪽으로 걸어오기 시작했다. 저들이 생각해도 저 집은 머무르기 힘들다고 판단한 것 같았다. 그것이 아니면 이 산에 자리 잡고 있는 화적 떼일 가능성이 있었다. 허나 지금 저들은 우리가 숨어있는 덤불 쪽으로 걸어오고 있었다. 이대로라면 저들의 시야에 우리가 드러나 발각될 수도 있었다.

"몸을 낮추고 조용히 나를 따라오거라."

종쇠에게 조용히 속삭였다. 몸을 낮춘 채 기어서 저들이 오는 방향의 좌측으로 움직였다. 이동하니 비탈진 곳에 땅에 누워 자란 소나무가 있었다. 우리가 몸을 숨기기에 적당해 보였다. 종쇠와 함께 몸을 숨기고 저자들을 살폈다. 저자들이 점점 가까이 다가왔다. 맨 앞에 있는 녀석이 횃불을 들고 있었다. 다가오자 와자지껄 떠드는 소리가 들렸다. 저 무리 중 가운데 녀석이 신이 난 것으로 보였다. 녀석은 시끄럽게 굴었다. 뒤에 덩치 큰 이가 있었다. 그자가 저 무리의 대장처럼 보였다. 대장이 시끄러운 녀석의 머리를 세게 후렸다. 촉새처럼 떠들어 대던 녀석은 이내 조용해졌다. 덩치 큰 이가 말하는 소리가 들렸다.

"조용히 해라. 네 녀석 때문에 산짐승들이라도 나타나면 네놈 먼저 고기밥으로 던질 테다."

"죄송합니다."

얻어맞은 이는 덩치 큰 이에게 머리를 조아린 다음, 늙은 내관에게 발로 차며 얼른 움직이라고 성을 내었다. 저들은 다들 푸른 두건을 두르고 몇몇은 죽창을 들고 있거나 다른 이들은 백정들이 사용하는 뭉툭한 칼을 들고 있었다. 저들 모두를 쓰러뜨릴 수는 없다. 옛날 같았으면 홀로 말을 몰고 겁 없이 나아갔었지만 지금 나는 실력 있는 무위가 아니다. 내게 있는 화살로 저들을 몇 제거한 다음 종쇠와 함께 달려들어야 한다. 문제는 화살촉이 다섯밖에 없다는 것이다. 내가 마지막으로 활을 잡은 것은 무관에 있을 때였다. 지금은 오랫동안 술에 절어 지내 수전증이 심했다. 최대한 몰래 저들을 습격해야 한다. 저들은 숨어있는 우리 곁을 지나 산속으로 계속 걸어 들어갔다. 나는 종쇠를 데리고 놈들의 뒤를 밟았다. 놈들은 산속으로 계속 걸어 올라갔다. 따라가니 안에서 불빛이 나오고 있는 동굴이 보였다. 그들은 보초로 두 명을 밖에 세워두었다. 그리고 그들이 잡아온 포로들을 데리고 녀석들은 들어갔다. 종쇠와 함께 밖에 서있는 두 명에게로 은밀하게 접근했다. 바람 소리에 묻혀 우리의 발소리는 들리지 않았다.

"저들의 정보를 캐내야 하니 한 놈은 살려두어야 한다."

종쇠는 고개를 끄덕였다. 나는 등에 메고 지금껏 단 한 번도 꺼낸 적이 없던 활을 꺼냈다.

"내가 왼편에 있는 놈의 머리를 쏘겠다. 너는 오른편에 있는 놈에게 최대한 붙어있거라. 쏘고 나서 바로 너에게 붙으마. 너는 내가 붙을 때까지 단도를 오른편에 있는 놈에게 들이밀고 조용히 끌고 오거라. 혹여 소리를 지르려 하거든 그 자리에서 베어버리거라. 명심해라. 저들은 악인이다."

"알겠습니다."

종쇠는 자신의 위치를 찾아 조용히 내려갔다. 나는 시험 삼아 활시위를 한번 당겼다. 핑하는 소리와 함께 시위에서 진동이 느껴졌다. 궐에서 준 활이라 그런지 시위가 팽팽했다. 화살을 꺼내어 끝까지 당겼다. 하지만 손이 떨리고 있었다.

반드시 맞혀야 한다.

너는 북방의 무관이었다. 한낱 화적 떼도 상대하지 못할 정도로 약해지지 않았다는 것을 증명해라.

종쇠가 녀석들의 뒤에 자리를 잡은 것을 확인했다. 종쇠가 내게 신호를 보냈다. 바람이 옅어져 보초를 선 녀석들의 목소리가 들렸다.

"오랑캐들이 벌써 여기까지 왔다는구먼."

"내일이면 떠야 하지 않나?"

"두목이 그런 이야기는 없던데?"

"니미럴, 여기 자리 잡은 지 얼마나 되었다고 또 토껴야 되는 거여?"

"그래도 오늘은 배에 기름칠 좀 할 테니 다행이야."

"얼마 만이지?"

"기억도 안 나. 제기랄."

"그래도 살은 늙은 놈이 많더라도 연하기는 어린놈이 더 연할 텐데."

살? 설마 사람을 먹는다고? 잡아 온 이들을 먹겠다는 이야기인가? 가끔 먹을 것이 부족해 정신이 나가 시체를 파먹던 이는 본 적이 있었다. 저들은 먹을 것이 부족한 것이 아니라 그저 고기가 먹고 싶어 잡아온 것이었다. 잡혀 온 이들은 식량이었다. 저들은 식인을 미식의 관점에서 논하고 있었다.

"여자는 늦게 잡았으면 좋겠구먼. 간만에 조금 즐겨야지."

"두목이 오늘 밤에 데리고 잔다고 했잖아."

"그 왜 계집아이도 딸려오지 않았나?"

"그 아이랑 재미 좀 봐야겠지."

"너무 어리던데 할 수 있을까?"

"저번에 했던 아이도 저만 했었어."

더 이상 듣기 힘들었다. 이들은 사람이 아니었다. 모조리 죽여버리고 싶었다. 종쇠의 모습은 자세히 보이지는 않았으나 멀리서도 불어오는 바람에 그의 분노가 느껴지는 듯했다. 시간을 더 끌었다가는 안에 있는 이들이 위험해진다.

그때 눈보라를 넘어서 어떤 아이가 놈들의 뒤에 있는 것이 보였다. 그 아이는 내 아들이었다. 아들은 뒤에 있는 눈 덮인 바위에 앉아 눈 뭉치를 굴리며 놀고 있었다.

아들아….

아들은 손을 툭툭 털더니 그대로 동굴로 걸어 들어갔다.

정신을 차려야 한다. 헛것을 본 것이다. 내 뺨을 세게 때렸다. 손이 얼얼해질만큼 세게 때렸다. 정신을 바로잡았다. 그리고 나는 화살을 꺼냈다. 활의 시위를 더 이상 당길 수 없을 만큼 팽팽하게 당겼다. 손이 덜덜 떨린다. 심호흡하고 조준을 했다.

활시위를 놓았다. 활에서 벗어난 화살은 조준한 녀석의 머리가 아닌 그 옆 나무에 박혔다. 하지만 녀석들은 화살이 날아왔는지조차 알아차리지 못했다. 바람과 눈보라 덕분이었다. 종쇠는 화살이 빗나간 것을 보고 영특하게 가만히 있었다. 있어서는 안 되는 상황이 일어났지만 천운이다. 침착해야 한다. 얼른 두 번째 화살을 꺼내어 다시 빠르게 쏘았다. 날아간 화살은 조준한 녀석의 머리가 아닌 목에 박혔다. 목에 화살이 박힌 녀석은 목을 붙잡고 쓰러졌다. 그 순간 종쇠가 그 옆의 녀석에게 달려들어 칼을 목에 들이밀었다. 나는 재빨리 뛰어내린 후 그자에게로 달려갔다.

"소리 내면 너는 죽는다."

그자는 칼을 바라보더니 가만히 고개를 끄덕였다. 그에게 재갈을 물렸다. 화살을 맞은 놈은 아직 살아있는지 흰 눈에 피를 흘리며 꿈틀대고 있었다. 날린 화살은 그의 목에 뚫고 나가 옆의 나무에 부닥쳐 박살이 나있었다. 나는 저벅저벅 걸어갔다. 그자는 조금씩 동굴을 향해 기어가고 있었다.

죽어라.

놈의 머리를 베고 산골짜기로 있는 힘껏 던졌다. 그리고 그 시체를 보이지 않는 곳까지 끌어다 숨겼다. 사로잡은 녀석은 그 과정을 가만히 바라보고 있었다. 그를 데리고 동굴 위에 있는 언덕으로 끌고 올라갔다. 종쇠는 그를 나무에 묶었다. 나는 그의 재갈을 벗겼다.

"안에 있는 놈들은 몇이냐?"

"모릅니다."

"모르면 너는 죽는다."

"다시 한 번 묻겠다. 안에 몇 놈이 있느냐?"

그는 잠시 고개를 갸우뚱하더니 내게 말했다.

"정말 몰라서 모른다고 하는 거요. 원래는 우리 청두단이 모이는 날이면 서른 명은 족히 있는데 오랑캐들이 쳐들어 왔다 해서 아마 뿔뿔이 흩어졌을 거요. 허나 나는 아직 굴 안으로 들어가 보지 않아 잘은 모르오."

"그럼 너와 일행은 죽은 놈을 포함해서 몇이었느냐?"

"일곱이었소."

"무슨 짓을 하려고 저들을 잡아온 것이냐?"

그는 잠시 망설이더니 내게 말했다.

"높으신 분들인 것 같아 보여 한몫 챙기려고 데리고 온 것이오."

"거짓을 말하고 있구나. 네놈들이 대화하는 것을 다 들었다. 여자는 겁탈하고, 남자들은 잡아먹으려는 것 아니냐?"

묶여있는 자는 피식 웃더니 말했다.

"다 알고 있으면서 물어보는 이유가 뭐요?"

"더 정확한 정보를 캐내기 위해서다."

"그걸 말해 준다면 살려줄 것이오?"

"생각해 보마."

놈은 비열한 웃음을 지으며 말했다.

"내가 지금 이곳에서 소리를 지르면 저들이 나올 것이오. 그럼 당신네들은 다 죽겠지. 우리는 다들 죽이는 데는 도가 텄거든."

"네 말이 맞다. 네가 소리를 지르면 저들이 나오겠지. 하지만 너는 죽을 것이다."

"참 오지게 꼬였군. 좋소. 그렇다면 원하는 정보를 말해 줄 테니 살려주시오."

"동굴 안은 어떻게 생겼느냐?"

"그냥 조그만 굴이오. 한 오십 보에서 백 보 정도 걸어 들어가면 천장이 높고 바닥이 평평한 곳이 나오는데, 그곳에서 밥을 먹고 쉬는 곳이오."

"그렇다면 그곳에서 모든 것을 해결한다는 것이냐?"

"그렇소."

"네놈의 두목도 다른 이들과 함께 있는 것이냐?"

"그보다 안으로 들어가면 조그만 공간이 하나 더 나오는데 범 가죽이 깔려있을 것이오. 그곳에서 두목이 지내오."

"그곳이 여자들을 겁탈하는 곳이 되겠구나."

그는 아무 말 없이 고개만 끄덕였다.

"안에 있는 놈들의 무장을 말해라."

"죽창, 단도, 표창, 장검 등등이오."

"활은 없느냐?"

"아쉽게도."

나는 그를 가만히 바라보았다.

"더 물어볼 것이 없소?"

더 이상 듣지 않고 그의 목을 베었다. 놈은 아마 칼을 보지도 못하고 죽었을 것이다. 그의 목을 산으로 던졌다. 부디 짐승들이 뼈까지 골고루 씹어 잘근잘근 먹어 치워주기를 바란다. 시체를 숨기려고 놈을 들으니 놈은 이미 묶인 줄을 풀었다. 놈의 앉아있던 곳 뒤에 뾰족이 튀어나온 바위가 있었다. 그곳에 문지르며 계속 줄을 자르려고 한 것이었다. 그 와중에 우리가 당할 수도 있었다. 종쇠는 얼굴이 하얗게 질려있었다. 어둠 속에서도 보였다.

"종쇠야."

그는 말이 없었다.

"종쇠야!"

소리쳐 부르자 그는 번쩍 고개를 돌리며 일어났다.

"정신 차리거라."

"예."

"많이 놀랐을 것이다."

종쇠는 말이 없었다.

"종쇠야, 잘 보아라. 우리는 이런 놈들을 처단한 것이다. 두려워하지 말거라. 자랑스럽게 여길 일이다."

종쇠는 잠시 부르르 떨더니 말했다.

"알겠습니다."

"네가 곁에 있어 든든하구나, 종쇠야."

"감사합니다."

"허나 더욱 정신을 또렷이 차려야 한다. 이제부터 놈들의 소굴 안으로 들어가야 한다."

"예."

"저놈이 말하기를 안에 일곱이 있다고 했다. 우리가 벌써 두 명은 처리했지. 남은 것은 다섯 놈인데, 두목은 더 깊숙한 곳에 있다고 하니 우리가 넷을 해치워야 한다."

"저도 다 들었습니다, 나리."

종쇠는 나를 똑바로 바라보며 말했다.

"제가 해야 할 일이 무엇인지 압니다."

"좋다. 내가 활을 들고 앞장설 것이다. 놈들이 보이면 바로 쏠 것이다. 너는 다른 놈은 신경 쓰지 말고 네가 눈에 들어오는 녀석에게 달려들거라. 나머지는 내가 해결하마."

종쇠는 고개를 끄덕였다. 나는 활을 들고 종쇠와 함께 동굴 안으로 천천히 걸어 들어갔다. 동굴 안에서는 불빛과 웃음소리가 흘러나왔다. 발소리가 들리지 않도록 조심해서 걸었다. 그때 누군가가 안에서 걸어 나오는 소리가 들렸다.

"엎드리거라."

종쇠와 나는 동굴 기둥 사이 어두운 곳으로 몸을 숨겼다. 한 놈이 걸어 나오더니 동굴 벽에 오줌을 휘갈겼다. 그에게 조심스레 다가가 입을 막고 덮쳤다.

"소리 내면 죽는다. 바른대로 말하면 살려줄 테니 말해라. 안에 몇 놈이나 있느냐?"

놈은 내게 조용히 속삭였다.

"… 넷."

붙잡은 놈이 말했던 것이 사실이었다. 다른 패거리는 합류하지 않은 모양이다.

"네놈들은 누구…."

그의 말이 끝나기 전에 칼로 목을 그었다. 천천히 그의 시체를 바닥에 내려놓았다. 종쇠에게 손으로 넷이 있음을 알렸다.

다시 안으로 걸어 들어갔다. 좀 더 깊숙이 걸어 들어가니 우측으

로 꺾어 들어가고 있었다. 모퉁이에서 안을 바라보았다. 저들이 피어
놓은 불이 타고 있었다. 하지만 사람은 보이지 않았다. 종쇠에게 바
짝 붙으라고 말한 다음 계속 걸어 들어갔다. 활시위를 팽팽하게 당
긴 채 앞으로 나아갔다. 안에서 소리가 들렸다.

"아, 소변보러 간 놈이 왜 이리 안 와?"

"밖에서 수다라도 떨고 있나 보지. 그렇지 아가야?"

놈들은 낄낄거리며 웃었다. 계집아이가 나지막이 우는 소리가 들
렸다.

"아따 곱다. 고년 참 하얗네."

불빛에 그림자가 보였다. 종쇠에게 속삭였다.

"종쇠야, 뛰어 들어가야겠다. 바로 따라 오거라."

종쇠는 단도를 꼭 쥔 채 고개를 끄덕였다. 나는 안으로 재빨리 뛰
어 들어갔다. 안에는 왕자와 나인, 그리고 나희가 묶여있었다. 놈팽
이 둘은 누워있었고, 한 놈은 서서 부채를 들고 한가운데에서 타고
있는 불에 바람을 불어넣고 있었다. 서있는 놈은 멍청한 눈빛으로
나를 바라보았다. 그의 얼굴에서 웃음기가 사라졌다. 서있는 놈에게
화살을 날렸다. 놈은 자신의 가슴팍에 박힌 화살을 한 번 힐끗 보더
니 쓰러졌다. 누워있는 녀석들은 황급히 일어났다. 일어나는 녀석에
게 재차 화살을 날렸다. 그는 힘없이 고꾸라졌다. 종쇠는 넘어진 놈
옆에 누워있는 녀석이 무기를 들기 전에 달려들어 칼을 목에 꽂았
다. 순식간에 안에 있는 놈들은 죽었다. 묶여있는 이들의 동아줄과
재갈을 풀어주었다. 나인은 눈물을 흘리며 내게 안겼다.

"미안하오. 내 잘못이오. 고생 많았소."

나희는 충격을 많이 받았는지 왕자와 서로 꼭 안고 있었다.

"아버지는 어디 계시오?"

나인은 눈물을 훔치고 조용히 속삭였다.

"어떤 자가 아버님을 데리고 오라고 시킨 후 저 안에서 아직 나오지 않았습니다."

"이제 저 안에 한 놈이 전부요?"

나인은 고개를 끄덕였다. 그러고 나인이 구멍을 가리켰다. 시커먼 구멍이었다. 그 구멍을 보고 있자니 온갖 고통에 괴상하게 뒤틀린 괴물이 튀어나올 것만 같은 심연을 보고 있는 기분이었다. 구멍을 바라보다 문득 이상한 점을 느꼈다. 주변에 뼈가 이리저리 흩어져 있었다. 굴러다니고 있는 해골이 이 뼈가 사람의 뼈임을 알려주고 있었다. 심지어 어떤 뼈에는 살점이 아직 붙어있었다. 분노에 치가 떨렸다. 종쇠는 아이들을 안아주고 있었지만, 부들부들 떨고 있는 게 느껴졌다.

이 추악한 무리의 우두머리를 곧 마주하리라.

그렇다면 기필코 그가 느낄 수 있는 이 세상 모든 고통을 안겨주리라.

"여기 있으시오, 부인."

구멍 안으로 들어가려 하자 나인은 내 팔을 필사적으로 잡아당겼다.

"아버님을 구해야 하오."

나인은 내게 애원했다.

"제발 가지 마십시오."

"아이들을 달래주고 있으시오. 다녀오겠소."

그때 안에서 우렁찬 목소리가 들렸다.

"들어올 필요 없소. 내가 나갈 테니."

안에서 우람한 체격의 사내가 내관의 목에 칼을 들이댄 채로 나왔다. 나는 즉시 그에게 화살을 겨냥했다. 놈은 손과 팔에 무수한 잔상처가 수북했다. 철사 같은 머리카락은 뒤로 크게 묶어 붉은 두건을 두른 이마 위로 땋아 올렸다. 그의 눈은 별빛 하나, 달조차 뜨지 않는 밤처럼 어두웠으며, 그의 송곳니는 크고 날카로워 먹이를 향해 달려들기 직전의 웅크린 짐승처럼 보였다. 그자가 나오자 왕자와 계집아이가 더욱 덜덜 떨고 있는 게 느껴졌다. 그 사실이 나를 몹시 화나게 만들었다.

놈이 먼저 나인을 데리고 들어가 덮칠 것이라고 생각했으나 예상이 빗나갔다. 훨씬 더 영악한 놈이었다. 나인이 아니라 내관을 먼저 데리고 들어간 것은 그가 더러운 욕구를 충족하는 것보다 정보를 캐내는 것을 중히 여기는 자임을 알 수 있게 했다.

"내 부하들은 다 죽은 건가?"

그는 굴 안에 널브러진 부하들의 시체를 보고 체념하듯 말했다.

"그렇게 살면서 그들의 죽음이 안타까운 건가?"

"나는 부하들에게 항상 죽음을 각오하고 살라고 말했소. 죽은 녀석들 모두 다들 후회는 없을 거요."

"인육을 탐하면서 용맹한 의적이라도 되는 양 내뱉는군."

"심한 흉년이었소. 너무나 먹을 게 없었소."

그는 항변하듯 내게 말했다.

"네놈 말이 맞다. 흉년이었지. 하지만 네놈들은 굶어 죽을 사경에 처해 식인을 한 것도 아니다. 네 부하들도 이들을 잡아올 힘이었다면 적어도 나무껍질, 풀떼기 정도는 뜯어서 먹었을 수 있었겠지."

그는 잠시 생각하다 말했다. 인질로 잡혀있는 내관은 험한 꼴을 당한 것인지 얼굴에 힘이 다 빠진 기색이 역력했다.

"자고로 남자는 고기를 먹어야 힘이 나는 법이오."

"그렇게 식인을 정당화하는 것이냐?"

"오랑캐들이 쳐들어왔소. 저들도 식인하고, 여자라면 닥치는 대로 겁탈한다고 들었는데 그들과 우리가 다를 게 뭐요?"

"그래서 그들을 오랑캐라고 부르는 것이다."

"어차피 이 나라는 무릎을 꿇었소. 이제는 오랑캐들의 세상이오. 왕과 높으신 분들은 오랑캐들에게 아첨해야 살 수 있을 것이오. 이런 곳에서 약한 자는 잡아먹히기 마련이오. 나는 바뀐 세상의 이치를 따를 뿐이지."

처음 듣는 이야기였다. 설마 성이 벌써 함락되었다는 것인가? 그럴 리는 없다. 아무리 무능한 장수가 지휘해도 남한산성은 족히 일주일은 버티는 곳이다. 그렇다 하여도 성에서 내려온 것이 아닌 이상 저놈은 그 사실을 알 수 없다. 제 변명을 위해 거짓을 말하는 것일 수도 있다.

"닥치는 대로 여자들은 겁탈하고, 남자들은 그 목을 잘라 창에 걸

고 다닌다고 하오. 그런 이들이 판을 치는 세상인데 우리가 무엇을
그리 잘못한 거요?"

그때 가만히 있던 종쇠가 나서서 말했다.

"그렇다면 궁녀들도 모조리 겁탈한다는 말이냐?"

그는 고개를 끄덕였다.

"거짓이다!"

종쇠가 흥분해서 말했다.

"진정하거라."

종쇠는 진정하지 못하고 가쁜 숨을 몰아쉬고 있었다. 놈은 그 모
습을 보고 더러운 미소를 지었다.

"어가와 딸려온 이들이오?"

놈은 나를 떠보고 있었다.

"저 사내아이가 입고 있는 옷은 굉장히 귀한 옷이오. 이 지방 사
람들은 저런 고운 옷은 태어나서 구경 한번 해보기 힘들지. 그냥 양
반집 도련님인 줄 알았는데 이러면 말이 달라지지."

감정을 주체하지 못한 노비 때문에 궁지에 몰리고 말았다. 더욱이
화살을 당기고 있는 오른팔에서 점점 힘이 빠지고 있었다. 나인이
묶어준 상처에서 피가 팔을 타고 흘러내리는 것이 느껴졌다.

"너는 살고 싶으냐?"

"그렇소."

"그렇다면 그 노인을 이리로 보내라."

"저들도 이미 다 죽였는데 내가 이자를 쉬이 보낼 것 같소? 게다가
당신들은 보아하니 높으신 분들인 것 같으니 나는 더 받아야겠소."

"목숨을 약속하마."

그자는 홀로 잠시 생각에 빠졌다.

"이자가 당신의 아비요?"

"아니다."

"아까 다 들었소. 저 여편네한테 아버님이 어디 계시느냐고 묻는 것을. 저 안에서는 밖에서 하는 말이 다 들리오."

"네놈의 착각이다."

"당신들은 대체 누구요? 어디 높으신 벼슬아치분들의 식솔이라도 되는 건가? 그게 아니면 임금에게 미운 짓이라도 해서 홀연히 도망이라도 하는 건가?"

"그건 네 알 바가 아니다."

놈은 비웃으며 말했다.

"지금 내게 그것보다 중한 것이 있겠소?"

"다시 한 번 말하지만, 노인을 보내라. 그러면 살려주겠다."

"당신은 무관이오?"

"그렇다."

그러자 그는 체념한 듯 말했다.

"그럴 줄 알았소. 당신의 기골을 보고 무관 내지는 사냥꾼일 것이라고 짐작은 했었소. 이렇게 아무도 모르게 내 부하들을 모두 죽인 것을 보면 보통 실력자도 아닐 테지. 그리고 분명 당신이 내게 약속한 말을 내 부하들에게도 했을 것이고."

놈이 말을 끝내는 순간 그 새까만 눈 안에 굴 안에서 타고 있는 불빛이 잠시 반짝였다.

"나는 결국 살아서 이곳을 빠져나가지 못할 것이오."

그는 나를 향해 미소를 지었다. 그리고 내관의 목을 그었다. 내관은 피를 뿜으며 힘없이 쓰러졌다. 그에게 화살을 날렸다. 그러나 빗나갔다. 놈은 내게 달려들었다. 나는 칼을 빼 들었지만 놈은 내 칼을 발로 찬 후 나를 쓰러뜨렸다. 짓누르는 힘이 장사였다. 놈은 웃으며 단검을 꺼내 들었다. 오른팔에 힘이 전혀 들어가지 않았다. 상처가 터져서 피가 줄줄 흐르고 감각이 느껴지지 않았다.

"종쇠야!"

종쇠는 답이 없었다. 단검을 내 가슴에 내리찍으려고 손을 번쩍치켜든 순간 놈의 얼굴이 순간 일그러지더니 내 위로 풀썩하고 쓰러졌다. 나인이 덜덜 떨며 뒤에서 피 묻은 단검을 들고 있었다.

"고맙소."

나는 내관에게 달려갔다.

"이보시오. 정신 차리시오!"

그러나 그는 피를 철철 흘리며 허공을 응시하고 있었다.

"목을 붙잡으시오. 지혈을 해야 하오."

내가 황급히 내관의 목을 붙들며 말했다.

"두꺼운 천을 가져오시오!"

나인은 천 쪼가리를 찾으러 죽은 자들에게로 달려갔다. 그때 내관이 내 손을 붙잡았다. 그는 피 묻은 내 손을 두 손으로 잡았다. 그의 손에서는 거의 힘이 느껴지지 않았다. 그저 내 손 위에 실낱같은 그의 손을 얹고 있는 것이나 다름없었다. 내관은 상처를 막고 있는 나의 손을 막았다. 그리고 그는 왕자와 계집아이가 있는 곳을 보았다. 내관은 다시 내게로 고개를 돌렸다. 내관은 몸을 떨면서 내 눈을 지긋이 바라보았다. 나를 잡은 그의 손에 마지막 힘이 느껴졌다. 그리고 그의 손은 바닥에 떨어졌다. 나인이 황급히 달려왔지만, 그는 이미 죽은 후였다.

"죽었소."

나인은 아무 말도 하지 않았다. 그녀가 가져온 천은 더 이상 내관에게 필요하지 않았다. 그녀가 들고 온 천은 내 상처를 지혈하는 데 쓰였다.

"쓸 만한 것만 챙기고 어서 나갑니다."

나인은 내관의 시신을 멍하니 바라보고 있었다.

"가야 하오."

내 말에 나인은 자리에서 일어났다. 나인은 왕자가 주저앉아 있는 곳으로 갔다. 바닥에 칼과 활을 놓아두고 놈이 나온 구멍으로 들어갔다. 구멍은 고개를 푹 숙여야지만 들어갈 수 있을 정도의 작은 구멍이었다. 구멍 안으로 들어가니 머리를 들 수 있을 만한 넓은 공간이 나왔다. 안에는 창병들이 사용하는 큰 창이 벽에 걸려있었고, 바닥은 하얀 가죽으로 덮여있었다. 그 가죽을 벗겼다. 놈이 말한 대로 범 가죽인지는 모르겠으나 이토록 추운 날씨에 아주 유용한 물건이 될 것이다.

가죽을 들고 밖으로 나오니 종쇠는 보이지 않았고, 나인이 나를 파랗게 질린 얼굴로 쳐다보고 있었다.

"무슨 일이오? 종쇠는 어디로 갔소?"

"밖으로 뛰쳐나갔습니다."

바닥에 놓아둔 칼이 사라져 있었다. 종쇠가 가져간 것이 틀림없었다. 내가 그를 찾으러 밖으로 달려 나가려고 하자 나인은 울먹이며 나를 막았다.

"큰일 났습니다."

"무슨 일인데 그러시오."

그러자 나인은 왕자를 손으로 가리켰다. 왕자는 아무 말도 하지 않고 가만히 앉아있었다.

"나리."

왕자는 눈을 한 번 깜박인 후 나를 바라보았다. 그리고 다시 다른 곳을 응시했다.

"나리, 다치신 곳이 있사옵니까?"

왕자는 아무 말도 하지 않았다.

"나리!"

소리쳐 불렀지만 왕자는 아무 말도 하지 않고 멍하니 다른 곳을 바라보고 있었다.

"말을 하지 않으십니다."

"언제부터 이랬소?"

"여기 잡혀 오고 나서는 말할 기회가 없었습니다. 그전까지는 괜찮으셨는데…."

나인은 떨리는 목소리로 말했다. 나는 왕자의 앞에 앉아 자세히 바라보았다. 왕자의 눈은 텅 비어있었다.

"나리!"

왕자를 흔들며 소리쳤다. 그러자 왕자의 옆에서 졸고 있던 나희가 깨서 울기 시작했다. 나인이 아이들을 와락 껴안으며 나를 말렸다.

"그만하시지요."

내관의 죽음을 본 왕자는 말을 잃어버렸다. 실어증에 걸린 것인지 정신이 나간 것인지 확실하지 않았다. 어쩌면 둘 다일 수도 있다. 이제는 날 잘 따르는 짐꾼도 없이 정신이 나간 아이와 울기만 하는 계집아이를 데리고 눈보라를 헤지며 남쪽으로 가야 한다. 정말 꼬일 대로 꼬였다. 한숨을 내쉴 때 쿨럭 하고 쓰러진 녀석이 피를 토해 내었다.

"잠시 다른 곳을 보고 있으시오."

나인이 아이들의 눈을 가리고 자신도 눈을 감았다. 나는 놈에게 다가가 뒤통수에 칼을 일자로 꽂았다. 놈은 끙하는 소리를 내며 죽었다.

"떠날 준비하시오. 챙길 것이 있다면 챙기고. 이곳에 오래 머무를 수 없소."

"나리께서 충격을 많이 받으셨습니다. 저런 상태로 출발할 수는 없지 않습니까?"

그녀는 오로지 왕자만을 바라보며 말했다.

"시간이 지나면 저절로 쾌차하실 것입니다. 마음의 문제는 시간이 답이오."

"정말입니까?"

그녀는 내게 간절하게 물었다.

"그렇소. 그러니 얼른 이곳을 나갑시다. 이곳은 너무도 불안한 곳이오."

"알겠습니다."

알겠다고 말은 했지만, 그녀는 여전히 걱정을 떨쳐내지는 못한 듯 보였다.

"마음 같아서는 이곳에서 밤을 보내고 싶지만, 이곳을 재빨리 떠나야 하오."

"참으로 끔찍하고 불경한 곳입니다. 나리를 한시라도 이곳에 더 머무르게 하고 싶지 않습니다."

"그대의 말도 맞소. 그리고 놈들의 다른 패거리들이나 아니면 우리를 쫓던 이들이 올 수도 있소."

"이런 이들이 더 있다는 말입니까?"

"그럴 수도 있소."

나인은 겁에 질린 얼굴이었다. 그녀는 아이들을 힐끔 돌아보고는 내게 답했다.

"알겠습니다. 어서 준비하겠습니다."

나인은 바닥에 떨어진 말린 감을 정신없이 줍다가 멈칫하고는 다시 일어났다.

"저기…."

"왜 그러시오?"

나인은 머뭇거리다가 내 귀에 대고 조용히 물었다.

"정말로 전하께서 오랑캐들에게 사로잡히신 것입니까?"

"우리가 들은 것은 사실이 아닐 것이오. 어떤 적이 온다 하여도 남한산성은 수성에 능한 곳이라 하루 안에 무너질 성은 아니오. 아마 저놈이 우리를 기만하기 위해 거짓을 말했을 것이오."

나인은 가슴을 쓸어내렸다.

"그나마 다행입니다."

그러고는 주저앉아 있는 아이들에게로 갔다.

나는 한숨이 절로 나왔다. 내가 쓰던 칼은 종쇠가 가져갔다. 그 노비는 제짝이 위험하다는 말에 정신없이 뛰쳐나간 것이다. 섣부른 행동이었다. 분명 죽은 놈이 우리를 떠보려고 한 말일 것이다. 아무리 무능하다고 해도 임금이 하루도 지나지 않아 벌써 잡혔을 리가 없다. 노비는 멍청하게도 그 말에 속아 제짝을 구하겠다고 사라져버렸다. 죽은 자들에게서 쓸 만한 것을 찾아보았지만, 기껏해야 짧은 칼 정도가 전부였다. 그렇다고 눈에 띄게 죽창을 들고 다닐 수도 없는 일이다. 놈들이 가진 단검을 두 개 챙겼다. 그리고 놈들의 시체에 박혀있는 화살을 다시 뽑았다. 그러나 화살은 깊게 박혀, 뽑아내자 부러져버렸다.

놈들에게 먹을 것이 없다는 말은 사실이었다. 굴 안을 다 뒤져보았지만 먹을 만한 것은 없었다.

죽은 이들의 시체를 한데 모아놓았다. 그리고 그들의 옷에서 더러운 피가 묻지 않은 쓸 만한 옷가지들을 찾아내 등에 두르고 단검을 양 허리춤에 차고 일어났다. 노비가 도망쳤으므로 이제 내가 짐을 들어야 했다. 나는 놈이 있던 곳에서 가지고 나온 가죽을 왕자와 계집이 입을 수 있도록 칼로 찢은 후 나인에게 주었다. 나인은 아이들에게 가죽을 입혔다.

"그대도 입으시오. 바람을 막아줄 것이오."

나인에게도 남은 가죽으로 대충 겉옷을 만들어주었다.

"무위께서는 입지 않으십니까?"

"나는 원체 몸에 열이 많소. 염려해 주어 고맙소. 얼른 입으시오."

"하지만…."

"어서 입으시오."

나인은 가죽을 입은 후 아이들을 다독여서 일으켜 세웠다. 두 아이는 엉거주춤 일어났다. 왕자는 여전히 넋이 나가있었다.

"나리께서 아직까지 말씀이 없으십니다."

나인은 겁먹은 얼굴로 내게 다가와 속삭였다.

"상심이 커서 일시적으로 그럴 거요. 전장에서도 저런 이들이 가끔 있었소. 일단 어서 움직입시다."

"그런 분들은 나중에 어떻게 되었습니까?"

"걱정하지 마시오. 그런 병사들은 충분한 휴식을 취하게 하면 곧 원기를 회복하여 다시 명랑해지곤 했으니."

"정말입니까?"

나인은 내게 간절하게 물었다.

"그렇소. 그러니 너무 걱정하지 않아도 되오."

그렇지 않았다. 전란 속에서 충격을 받고 말을 잃은 이들은 말없이 자신이 죽음으로 걸어 들어가는지도 모른 채 싸움 한가운데에서 멍하니 있다가 화살을 맞거나 아니면 그대로 정신이 돌아오지 않은 채 고향으로 돌아가거나 했다. 그런데 왕자는 그런 병사들보다도 한참 어렸다. 너무도 어린아이였다. 저 아이에게는 감당하기 어려운 일들이 계속 쌓여왔고, 결국 그게 터진 것이다. 마음을 달래주어야 하는 것이 마땅하나 지금 마음을 생각하는 것은 사치다. 마음을 돌보

기 전에 목숨을 돌보아야 한다. 목숨이 붙어있어야 비로소 마음도
존재할 수 있으니까.

조우

그들을 마주친 후 시간이 많이 흘렀다. 남쪽을 향해 추격했지만, 그들이 보이지 않았다. 숨어있는 것이 분명했다. 다시 산으로 돌아와 수색했지만, 소득이 없었다. 어느새 한밤중이 되었다.

"아무래도 놓친 것 같습니다."

주손이 가쁜 숨을 헐떡이며 말했다. 산을 이 잡듯이 뒤졌는데도 어떤 실마리조차 나오지 않았다.

"이제 어찌해야 합니까?"

"우리의 정체를 알았으니 그들은 최대한 숨어서 다닐 것이다."

"그렇다면 그들을 잡을 방도가 없을 것입니다. 이 넓은 산을 모두 훑는 것은 불가능합니다."

그러자 시란이 말했다.

"각자 흩어져서 다시 찾아보는 것은 어떻습니까?"

"그것은 위험하다. 진영은 호락호락한 자가 아니야. 홀로 그자를 마주친다면 죽음을 면치 못할 것이다. 진영을 상대하기 위해서는 우리 모두 붙어있어야 한다."

다들 말이 없었다. 진영에게 홀로 맞서는 것이 승산이 없다는 것은 자명한 사실이다.

"혹시 그들을 돕는 이들이 있는 것은 아닙니까? 그렇지 않고서야 이리도 자취를 빨리 감출 수는 없을 것입니다."

"… 모르겠구나."

"그렇다면 정말로 방도가 없습니다."

시란이 침울하게 말했다. 맞는 말이다. 지금으로써는 아주 도리가 없었다.

"다들 지쳤습니다. 일단 쉬고 나서 움직이는 게…."

"모두 조용히 하거라."

손짓으로 가리켰다. 누군가 멀리서 뛰어가고 있었다. 거센 바람이 불었지만, 달빛이 아주 밝아 그 움직임이 명확히 보였다. 아까 진영을 쫓을 때 함께 있던 자였다. 주손에게 물었다.

"저놈이 누군지 알아보겠느냐?"

주손이 한참을 바라보았다.

"진영과 함께 있던 자가 아닙니까?"

"아우도 그렇게 생각하는가?"

"아무래도 맞는 것 같습니다."

이제부터 조용히 저 뒤를 밟아야 한다.

"저놈이 눈치채지 못하게 우리가 쫓아야 한다."

"알겠습니다."

다들 지친 기색이었으나 말에 힘이 들어가 있었다.

"시란과 충한이는 말을 타고 멀리 측면에서 저놈을 쫓거라. 나와 주손은 직접 뒤를 밟겠다. 우리가 뒤에서 접근하면 너희는 앞에서 퇴로를 막거라. 움직이거라."

시란과 충한이 말을 몰고 사라졌다.

"주손아, 가자."

고삐를 잡고 천천히 뒤를 따랐다. 그러나 무언가 이상했다. 놈은 정신없이 달리고 있었다. 넘어지고 구르면서도 어디론가 달려가고 있었다. 그 모습을 보던 주손이 내게 말했다.

"형님, 무언가 이상합니다."

"무엇이 말이냐?"

"저들은 분명 남쪽으로 향할 것인데 저놈은 북쪽으로 가고 있습니다."

"나도 그렇게 생각하고 있었다. 진영이 수를 쓰는 것일 수도 있다. 그자는 보통내기가 아니지 않으냐."

"그런데 뛰어가는 행태가 이상합니다. 마치 어디론가 기를 쓰고 달려가는 것 같은데 저들에게 그럴만한 일이 무엇이 있겠습니까?"

분명 맞는 말이다. 아무리 보아도 수상했다. 놈은 계속해서 북쪽을 향해 뛰었다. 이대로 가다가는 다시 산성에 가까워질 것이다.

"안 되겠다. 지금 덮쳐야겠다."

"알겠습니다."

고삐를 세게 잡아당기고 전력으로 달렸다. 정신없이 뛰던 녀석은 말발굽 소리를 들은 것 같았다. 뒤를 돌아 우리를 보더니 방향을 오른편으로 틀어 산자락을 따라 달리기 시작했다. 그러나 자리를 잡고 있던 시란이 번개처럼 나타나 놈을 덮쳤다. 도망치던 놈은 세 바퀴를 구르더니 넘어지고 말았다. 일어나서 칼을 휘둘러댔지만 이미 시란이 놈을 덮쳐 포박한 뒤였다. 가까이 다가가 보니 몹시 몸을 떨고 있었다. 포박된 녀석은 내게 떠는 목소리로 말했다.

"왜 이러는 것입니까?"

"네 무리가 누구인지 알고 있다."

그러자 아무 말이 없었다.

"너의 무리가 어디 있느냐?"

대답이 없었다. 그러자 시란이 뺨을 후려치며 말했다.

"어서 답하지 못할까?"

"저는 그저 노비입니다. 저는 아무것도 모릅니다."

"진영이 어디 있는지 말해 준다면 원하는 것을 들어주마."

노비는 놀란 기색으로 물었다.

"그분이 진영인 것은 어떻게 아는 것입니까?"

"그것은 네가 알 필요가 없다. 어서 말하거라. 진영이 어디에 있느냐?"

"저는 여기서 이러고 있을 수 없습니다."

"진영이 어디 있는지 말해 준다면 원하는 것을 들어준다고 하지 않았더냐."

노비는 잠시 멍한 표정을 짓더니 이내 말했다.

"이곳에서 남쪽으로 가면 굴이 하나 나옵니다. 마지막으로 본 곳은 그곳입니다."

"그곳으로 안내하거라."

"어디 있는지 말한다면 풀어준다고 하시지 않았습니까?"

"그렇게 두루뭉술하게 말하고 풀어줄 것 같았느냐? 진영이 있는 곳으로 안내하거라."

"저는 이러고 있을 시간이 없습니다."

"아까부터 시간이 없다고 하는데 도대체 무슨 시간이 없다고 하는 것이냐?"

"제 짝이 위험합니다. 제 짝에게 가보아야 합니다."

"네 짝을 만나기 위해 달아난 것이냐?"

"그렇습니다."

저 노비를 이용해 먹을 수 있는 방도가 하나 생겼다.

"진영에게 안내한다면 네 짝에게 데려다주마. 내가 모시는 분은 아주 권세가 강한 분이시다. 어떠냐. 우리를 따르겠느냐?"

"그러나 제 짝은 지금 어가와 함께 있습니다. 전하께서 오랑캐에게 사로잡히셨다고 들었습니다."

"그 말을 누구에게 들었느냐?"

"굴에서 만난 화적에게 들었습니다."

화적이라고? 그렇다면 그들이 화적에게 붙잡혔다는 말인가?

"자세히 말해 보거라. 진영이 화적떼에게 사로잡힌 것이냐?"

"그런 것은 아닙니다. 화적들은 다 죽였습니다."

역시 진영이다. 아무리 세월이 흘렀어도 그 실력은 녹슬 리 없다.

"그 화적이 왕이 사로잡혔다고 말했느냐?"

"그렇습니다."

"네놈은 거짓에 속아 넘어간 것이다. 그런 일은 없다. 진영에게 데려다준다면 네 짝을 반드시 만나게 해주마."

그러자 노비는 반색하며 물었다.

"정말입니까?"

"그렇다. 내가 모시는 분은 이 나라의 왕보다 힘이 강한 사람이다. 너는 네 짝을 만나게 될 것이다. 내가 약조하마."

노비는 잠시 고민하더니 말했다.

"알겠습니다."

"그럼 안내하거라."

노비는 절뚝거리며 일어섰다.

"따라오십시오."

노비는 휘어진 나무들과 바위 사이를 헤집으며 우리를 안내했다. 그사이에 다시 강한 눈보라가 불었다. 노비를 계속 따라가니 정말로 굴이 하나 나왔다. 입구에 죽은 말이 있었고 안에서는 불빛이 새어 나오고 있었다.

"다들 무기를 꺼내거라."

진영을 마주하고 아이를 사로잡을 생각에 가슴이 미친 듯이 뛰고 있었다.

"아이를 잡기 전에 진영을 죽이는 것이 중요하다. 알겠느냐?"

다들 칼을 꺼내며 고개를 끄덕였다.

이 안에 진영이 있다.

내가 먼저 앞장서서 천천히 들어갔다. 불빛이 일렁이고 있었다. 그러나 안에는 아무도 없었다. 죽은 화적들과 어떤 노인의 시체뿐이었다.

"이미 이곳은 뜬 것 같습니다."

주손이 안을 살핀 후 말했다. 시란이 별안간 노비를 발로 차며 두들겨 팼다.

"이곳에 있다고 해지 않았느냐? 천한 것아!"

"그만하거라. 시란아."

시란이 내 말에 분을 삭이며 발길질을 멈추었다. 노비는 눈물을 흘리며 내게 매달렸다.

"저는 시키는 대로 했습니다. 이제 약조를 지켜주십시오."

"진영을 찾지 못했는데 어떻게 약조를 들어주겠느냐? 너는 이제 쓸모가 없구나."

그러자 시란이 칼을 빼 들었다. 그러자 노비가 허겁지겁 말했다.

"어디로 갔는지 알고 있습니다."

"거짓을 고하는 것은 아니냐?"

"결코 아닙니다."

"어디로 갔는지 네가 어떻게 알고 있느냐?"

"그분이 제게 어디로 갈지 말씀해 주셨습니다."

그 말을 듣자 온몸에 전율이 흘렀다. 바로 이 정보가 필요했다.

"어디로 간다고 하더냐?"

"남쪽에 있는 고향으로 가신다고 했습니다."

찾았다. 마침내 진영을 만날 방도가 생겼다. 저절로 미소가 나왔다.

"그래? 그곳이 어디라고 하더냐?"

구렁이

"준비가 다 되었습니다."

나인은 빼앗긴 음식들과 옷가지들을 잘 묶어서 등에 메고 아이들의 손을 양손에 잡고 있었다. 그녀의 얼굴에는 피와 땀과 흙, 고됨이 묻어있었다.

떠나기 전 내관을 반듯한 자세로 눕혔다. 그리고 놈들이 가지고 있던 것 중 얇은 요를 찾아내어 위에 덮어주었다. 그게 우리가 그에게 해줄 수 있는 최선의 장례였다. 벌써 덮어둔 요에 내관의 상처에서 흘러나오는 피가 점점 물들기 시작했다.

"저렇게 계실 분이 아닌데…."

"이 이상 더 해줄 수 있는 게 없소. 우리의 처지를 고려하시오."

그녀는 내관에게 다가가 그의 손을 잡고 눈을 감았다. 나는 그녀를 기다렸다. 잠시 뒤 그녀는 일어나 내게 돌아왔다.

"갑시다."

밖으로 나가니 눈이 다시 내리고 있었다. 나는 칼을 들고 주변을 살폈지만 아무도 없었다. 다행히 말은 그 자리 그대로 묶여있었다. 종쇠의 발자국은 보이지 않았다. 아마도 그사이 내린 눈발이 발자국 위로 쌓였으리라. 말에게 묶인 줄을 풀어 내리고 끌어당겼다. 그러나 말은 힘없이 고꾸라졌다. 다시 간신히 일으켜 세웠지만 이내 몇 걸음 가지 못하고 다시 쓰러졌다. 노비가 말은 두고 간 이유를 알 것 같았다. 나인은 내 뒤에서 걱정이 가득한 얼굴로 말을 바라보고 있었다.

"잠시 굴 안에서 기다리시오."

"무엇을 하려 그러십니까?"

"저 말은 더 이상 걷기 어려울 것이오. 고기를 얻으려고 하오."

나인은 아이들을 데리고 다시 굴 안으로 들어갔다. 그들이 사라진 것을 보고 말에게로 다가갔다. 말은 쓰러져서 가쁜 숨을 몰아쉬고 있었다. 눈은 까뒤집어지고 입에서는 거품이 흘러나왔다.

"미안하구나."

녀석의 갈기 위에 손을 올렸다. 힘에 겨워하는 게 손을 타고 느껴졌다. 녀석은 부르르 떨고 있었다. 조심스레 칼을 꺼냈다. 고통을 느끼지 못하게 재빨리 칼을 머리 한가운데에 꽂았다. 말은 잠깐 부들거리더니 더 이상 움직이지 않았다. 노비가 있었으면 말에게서 취한 고기를 많이 가져갈 수 있었으나 종쇠는 도망갔다. 먹을 수 있을 만큼만 취한 후 움직여야 한다. 칼이 짧아 가죽을 벗기는 데 애를 먹었다. 칼질을 하느라 힘이 들어간 오른팔에 통증이 느껴졌다. 눈 내리는 가운데 손은 얼 것 같고, 팔의 통증은 극심해졌다. 오랜 시간이 흐르고 나서 가죽을 벗기는 것이 끝났다. 죽은 말의 몸통 안으로 손을 넣으니 금세 따뜻해졌다. 죽은 지 얼마 되지 않아 온기가 가득했다. 가죽을 벗긴 뒤 말의 목덜미를 가르니 피가 쏟아졌다. 쏟아진 피를 한 움큼 마셨다. 따뜻하고 짭짤했다. 상처로 인해 피를 많이 흘렸다. 몸 안에 필요한 힘이 들어오는 기분이었다. 칼로 말의 심장과 간을 잘라내었다. 동물의 심장과 간은 먹은 이로 하여금 힘을 불어넣어 준다. 동물의 여러 내장 중에서 가장 영양가 있는 부위이다. 심장을 조금 잘라내어 씹었다. 한 번씩 씹을 때마다 따뜻한 피가 입 안에서 뿜어져 나왔다. 고소했다. 피를 마시고 심장을 씹어 먹으니 추위와 통증이 조금이나마 잊히는 듯했다. 나머지 내장을 벗겨내고 살코기들을 들고 갈 수 있을 만큼만 잘라내었다. 자른 살들은 눈으로 피를 닦아내고 말가죽으로 감았다. 이 정도면 아껴먹으면 닷새쯤은 버틸 것이다. 날이 추우니 고기가 상하지도 않을 것이다.

"출발합시다."

죽은 말은 벌써 얼어붙기 시작했다. 피 냄새를 맡고 다른 짐승들이 올 수도 있다. 나인과 아이들을 데리고 서둘러 발을 옮겼다.

"이제 다시 우리끼리 있더라도 부인이라고 부르겠소."

그녀는 고개를 끄덕였다.

"아들아, 알겠느냐?"

왕자는 말없이 먼 산을 쳐다보고 있었다.

"나희야."

계집은 나인의 손을 꼭 붙들고 나를 바라보았다.

"네. 나리."

나희가 맹맹한 목소리로 대답했다. 그나마 다행인 건지 나희는 제 할아버지와 내관, 두 노인의 죽음을 목격하고도 말을 잃지 않았다.

"배가 고프지는 않으냐?"

"네. 나리."

그러나 아이의 배 속에서는 꼬르륵거리는 소리가 들렸다.

"나희야, 너도 지금부터 나를 아버지라고 부르거라."

"제 아버지가 되어주시는 것입니까?"

조그만 입에서 튀어나온 그 말에 대답이 바로 나오지 않았다. 아버지가 되어주는 것이냐는 무거운 질문이었다. 나는 처음부터 아이를 데려가려고 하지도 않았다. 설사 내가 저 아이의 아버지가 되어주고 싶다 하여도 저 아이의 죽은 할아버지에게 부끄럽지 않게 지켜낼 수 있을까…. 내게 저 아이의 아버지가 되어줄 자격이 있을까…?

내가 머뭇거리며 대답을 망설이자 옆에 있던 나인이 나서서 대신 대답했다.

"그렇다. 내가 너의 어미이고, 저분이 너의 아버지시다."

"제게는 한 번도 부모님이 계셨던 적이 없었습니다."

아이는 공허한 표정으로 말했다.

"너는 부모 없이 태어났느냐?"

"저는 날 때부터 할아버지께서 길러주셨습니다."

원치 않은 무거운 짐을 맡게 되었구나….

"잘 알겠다. 이제부터는 우리가 돌보아주마. 힘든 길이 될 테니 잘 따라와 주거라."

"알겠습니다."

나희는 고개를 끄덕였다. 이들을 데리고 길을 나섰다. 눈발은 아까보다 더욱 거세졌다. 산에서 내려오는 길은 더욱 험난해졌다. 이 밤에 이동하는 것은 무리다.

"아까 우리가 자리 잡았던 집에서 밤을 넘기고 갈 것이오."

"만약에 또다시 화적들이나 저희를 쫓는 이들을 마주치면 어떡합니까?"

"화적들이 근처에 있다 하여도 저 굴 안으로 향할 것이오. 걱정하지 마시오. 이런 거센 눈보라에는 화적들도, 적병도 우리를 쫓는 이들도 쉬이 움직이지 못하니."

그러나 나인은 걱정하는 기색이 역력했다.

"하룻밤만 지새고 갈 것이니 너무 염려치 마시오."

"알겠습니다."

산에서 내려와 얼마를 걸으니 원래 일행이 머물렀던 초가집이 다시 시야에 들어왔다.

"밖에서 잠시 기다리시오."

허리춤에 묶어둔 단검을 빼 들고 집안을 살폈다. 다시 돌아온 초가집은 놈들이 들이닥쳤던 흔적이 곳곳에 보였다. 방 안에 신을 신고 들어온 흔적과 부서진 문틀이 보였다. 그 덕분에 집은 원래 모습보다 더욱 허름해졌다. 그러나 외관보다 더욱 중요한 것은 지금 이 집에 존재할지 모르는 불청객의 유무이다. 다행인 것은 이 집에는 아무도 없다는 것이다.

"들어오시오."

방안으로 들어온 후 바람이 들어오는 부서진 문틈은 여분의 옷가지들로 막았다. 나인은 아이들을 눕히고 자기가 입고 있던 가죽마저 벗어서 덮어주었다. 그리고 다시 집 안과 굴에서 가져온 여분의 옷가지들을 덮어주었다. 왕자와 나희는 추위에 떨면서 서로 부둥켜안은 채로 잠이 들었다. 나도 바닥에 주저앉았다. 앉고 나니 그동안 느껴지지 않았던 오른팔의 통증이 거세게 느껴졌다. 마치 누군가가 수십 개의 바늘로 내 팔을 붙잡고 찌르는 느낌이었다. 나도 모르게 신음이 흘러나왔지만, 다행히도 바깥에서 들리는 거센 바람 소리에 파묻혀 나인은 듣지 못했다. 나인이 갑자기 일어섰다.

"어디를 가시오?"

"장작은 많이 남아있지는 않았지만 잠시라도 아궁이를 데우려고 합니다."

"그냥 앉으시오. 이곳에서 머무는 것은 괜찮으나 불을 피웠다가는 연기가 발각되어 위험해질 수도 있소."

"그렇군요."

나인은 다시 앉았다.

"그대도 눈 좀 붙이시오."

"제가 아니라 장군께서 눈 좀 붙이시지요. 출발하고 난 뒤로 제대로 주무시는 모습을 본 적이 없습니다."

그녀는 자는 아이들을 바라보며 내게 말했다. 맞는 말이었다. 궐에서 출발하고 난 이후로 제대로 잠을 이룬 적이 없었다. 그녀의 말대로 피로가 가득했다. 하지만 나는 항상 깨어있어야 한다. 이제는 정말 나밖에 남지 않았다.

"내가 잠이 든다면 이들은 누가 지켜보오?"

"제가 깨어있겠습니다. 무슨 일이 생긴다면 제가 깨워드리지요."

"말은 고마우나 사양하겠소. 그리고 나는 본디 잠이 없는 편이라 그대가 걱정하지 않아도 괜찮소. 부인 먼저 잠에 드시구려."

"알겠습니다."

나인은 이제는 내가 부인이라고 칭해도 더 이상 어색해하지 않았다. 그녀는 말은 그렇게 했지만, 눈을 감지 않았다. 그녀는 문에 비스듬히 기대앉아있었다. 그리고 자고 있는 아이들만을 계속해서 바라보았다. 그러다 가끔 찢어진 문틈 사이로 눈 내리는 바깥을 걱정스러운 눈빛으로 내다보았다.

"조현대감은 어떤 사람이오?"

"네?"

그녀가 나를 멍한 표정으로 쳐다보았다.

"조현대감은 어떤 분인지 물었소."

그녀는 잠시 생각에 잠겼다. 잠시 뒤 내게 말했다.

"대감께서는 궐내의 다른 대신들과는 달리 전하의 말씀을 듣고자 노력하시던 분이었습니다."

"전하께서 대감께 많이 의지하셨소?"

"전하께서는 한밤중에도 자주 불러내어 뵈시곤 하였습니다."

"궐 안의 다른 신하들은 대감을 배척하였소?"

"그건 저도 잘 모르겠습니다. 허나 확실하게 제가 말씀드릴 수 있는 것은 조현대감께서는 궐내에서 전하의 사람이었다는 것입니다."

"그대처럼 말이오?"

그러자 그녀는 잠시 말을 더듬었다.

"그렇다고 볼 수 있겠지요."

"그대는 왜 대감께서 처형당했을 것 같소?"

"저는 한낱 궁녀입니다. 제게는 그만한 식견이 없습니다."

"적어도 나보다는 궐 안의 일에 대해서 더 자세히 알고 있지 않소?"

그녀는 잠시 다른 곳을 응시했다. 그리고 말을 이었다.

"언제부턴가 궐 안에는 전하의 사람들이 점점 사라지기 시작했습니다."

"다른 이들이 제거한 것이오?"

그녀는 고개를 끄덕였다. 그러고는 자고 있는 왕자를 바라보았다.

"그렇다면 조현대감께서 처형당한 지금 궐 안에는 전하의 소리를 들으려는 자가 단 한 명도 없다는 말이오?"

"그렇습니다."

이번 전란에서 이 나라가 어찌 될지 가늠이 되지 않았다. 궐에 임금의 편이 단 한 명도 없다. 무능한 임금은 애초에 이 나라에 필요가 없다고 쳐도 그 썩어빠진 신하들이 과연 전란을 잘 수습할 수 있을 것인가…. 과연 임금은 나와 한 약조를 지킬 수 있을 것인가…? 내 고향을 지키기는커녕 내게 약속한 자그마한 언덕조차 내게 쥐여 줄 권한이 없을지도 모른다. 과연 내 어머니는 남쪽에 있는 이들이 돌봐주고 있기는 한 것일까…? 그러나 임금은 더욱 무능해졌다. 거

기다 더불어 그에게 벙어리가 된 왕자를 데려간다면 임금은 약조를 지키기는커녕 죄를 물어 나를 죽일 수도 있을 것이다. 아니다. 그는 나를 죽이지 않을 것이다. 그에게는 내게 사형을 내릴 만한 배짱조차 없을 것이다.

"나리께서는 이제 겨우 태어나신 지 여덟 해가 되어갑니다. 궐로 돌아가시게 될 때 걱정이 너무나 큽니다."

"나리께서 말을 잃으신 것은 내 불찰이오. 그대가 질책받는 일은 없도록 하겠소."

나인은 나를 쳐다보았다.

"제가 벌을 받는 것이 염려되는 것이 아닙니다. 저는 어린 나리가 염려되는 것입니다. 아직 너무나 어린 나이인데 큰 부담을 짊어지고 왔고, 보지 말아야 할 일들을 계속해서 보아왔습니다."

나인의 말에 말문이 막혔다. 그녀의 말에 부끄러워졌다. 이 여인은 내가 지금껏 보아온 이들과 궤를 달리하는 이였다. 참으로 오랜만에 맑은 마음을 지닌 이를 만났다.

"분명 나리께서는 말을 되찾으실 것이오. 좋은 것을 보고 좋은 말을 듣고, 좋은 이들과 함께한다면 더욱더 단단해지실 것이오."

"좋은 것을 보게끔 하기는커녕, 제가 좋은 이인지조차 모르겠습니다."

"부인."

나인은 나를 쳐다보았다.

"내가 왜란을 겪은 이후로 그대만큼 고운 마음씨를 가진 이를 지금껏 본 적이 없소. 그대는 지금 이 나라에서 그 누구보다 좋은 사람이오."

그녀는 말을 듣고 아무 말도 하지 않았다.

"그대가 걱정하고 고뇌한다는 것 자체가 당신이 좋은 사람이라는 방증이오. 그러니 더 이상 염려하지 말고 조금이라도 눈을 붙이시구려. 곧 동이 틀 것이니."

"알겠습니다."

그녀는 내게 답하고 몸을 뒤돌아 벽을 향해 기댔다. 나는 그런 그녀를 바라보았다. 아이들은 새근새근 숨소리를 연신 내쉬며 자고 있었다. 바깥에서는 세찬 바람 소리가 들려왔고, 이따금씩 문이 바람에 덜컹거렸다. 오른팔에 감각은 없었지만 더 이상 피가 흘러나오는 것 같지는 않았다. 나도 벽에 편한 자세로 기대어 앉았다. 상처에 묶인 천을 다시 세게 동여매었다. 고통에 긴 숨을 내쉬자 허연 입김이 길게 뿜어져 나왔다. 남쪽에 있는 어머니가 떠올랐다. 고향 집의 문도 이 집처럼 벌어지고 갈라져서 찬바람이 들어오곤 했다. 그저 그 집에 들어가는 것이 싫어서 고쳐주지도 못하고 떠났다. 어머니는 그 집 추운 골방에서 홀로 지내고 계실 것이다. 왕이 나를 불러 포승줄에 묶여 도성으로 끌려올 때 인사도 제대로 드리지 못했다. 인사를 했어도 어머니는 이미 정신이 반쯤 나가서 아들이 인사를 하는 줄도 몰랐을 것이다. 내가 실의에 빠져 밖으로 나돌 때 어떻게든 밥 한 술이라도 더 먹이려 하시면서 고향 집에서 오지 않는 나를 기다리던 어머니….

이들을 지키기 위해서 밤을 새우고 있었지만, 점점 피로에 눈이 감겼다. 그러나 나는 지금 잠들어서는 안 된다….

남쪽에 있는 내 집, 뒷산 개울가에서 내 아이들이 뛰놀고 있었다. 아이들은 내게 웃으며 다가왔다. 아이들은 흙이 잔뜩 묻은 손으로 내 손을 잡았다. 아이들은 내 손을 이끌며 어디론가 나를 데려갔다. 그곳에 가니 어둡고 깊은 동굴이 나왔다. 굴 안에서 죽은 내관이 걸어 나왔다. 그는 내게 아무 말도 하지 않았다. 그는 내 눈을 깊게 바라보았다. 주변에서 아이들의 웃음소리가 크게 맴돌았다. 내관은 사라지고 없었다. 내 손을 잡고 있던 아이들은 온데간데없고 왕자와 나희의 얼굴로 바뀌어 있었다. 나는 소스라치게 놀라 그들의 손을 놓았다.

왕자가 내게 말했다.

"왜 그러십니까, 아버지?"
"넌…."
"아버지, 안색이 좋지 않습니다. 괜찮으신 것입니까?"
"내 아들이 아니다…."
"아버지?"

나인이 나를 깨웠다. 머리가 지끈거렸다. 나는 가쁜 숨을 몰아쉬며 일어났다. 그녀는 걱정이 가득한 표정으로 내 이마에 흐르는 땀을 닦아주고 있었다. 이미 해가 떠있었다. 곁을 살펴보니 아이들은 아직 자고 있었다.
"괜찮으십니까?"

"미안하오. 잠시 졸았소."

"밤새 내내 주무시면서 앓는 소리를 내고 계셨습니다."

부끄러운 일이다. 이들을 지켜봤어야 했는데 정작 내가 잠들고 말았다.

"지금이 아침이오?"

"사시쯤 된 것 같습니다."

"서둘러 출발해야겠소."

나인은 아이들을 깨우러 갔다. 일어나는 왕자를 보니 간밤에 꿈이 다시 떠올랐다. 고개를 흔들며 떨쳐내었다. 왕자는 여전히 말이 없었다. 내가 단검을 허리춤에 차고 활과 고기들을 메는 동안 나인은 떠날 준비를 이미 끝마쳤다.

"갑시다."

"네."

내가 먼저 문을 열고 나갔다. 하늘은 맑게 개어있었다. 그러나 간밤에 내린 눈은 생각보다 많이 쌓이지는 않았다. 그러나 발자국이 남을 만큼은 충분히 쌓였다.

"잠시 기다리시오."

"왜 그러십니까?"

"할 게 있소. 부인과 아이들이 신은 신들을 내게 주시오."

다시 집으로 돌아왔다. 그녀는 신을 벗겨 내게 주었다. 나는 가져온 말가죽으로 신의 밑창에 넓게 덧대주었다. 이렇게 하면 발이 더 따뜻해질 수 있을뿐더러, 발자국이 남지 않을 것이다.

"자, 다 되었소."

나인에게 신을 다시 돌려주었다. 그녀는 아이들에게 신을 신기며 내게 물었다.

"이런 것은 어떻게 알게 되신 것입니까?"

"북방은 눈이 많이 내리오. 발자국을 없애기 위해 가끔 사용하던 방법이오."

다시 남쪽을 향해 출발했다. 우리가 지나쳐온 산성 방향에서는 이따금씩 아주 조용한 포성이 들려왔다. 아직 싸우고 있는 모양이었다. 임금이 그곳에 갇힌 것인지 아니면 임금은 이미 도망치고 적들이 속아 산성을 공격하고 있는 것인지는 알 수 없었다. 걷는 동안 피란하는 이들도, 우리를 쫓는 이들도, 적병도 마주치지 않았다. 어떤 사람도 마주치지 않았다. 다들 말없이 걸었다. 아마 적들은 남한산성을 공략하느라 그 아래 남쪽까지는 진군하지 않을 것이다. 산성을 포위하고 공격하고 있을 것이다. 그 틈에 빠르게 남쪽으로 내려가야 한다.

계속 걸었다. 가끔 밥을 먹을 때가 되면 빠르게 요기를 할 정도만 먹고 다시 출발했다. 쫓는 이들이 있으니 가급적이면 산자락을 따라 숨어다녔다. 눈이 많이 쌓여 걷는 데 힘겨울 때가 있었다. 그러다 아이들이 지치면 내가 아이들을 들거나 업고 걸었다. 나인은 왕자가 말을 잃었어도 끊임없이 이런저런 이야기를 해주거나 말을 건넸다. 물론 왕자는 대답하지 않았다. 그래도 나인은 포기하지 않았다. 말을 알아듣기는 하는 건지 헷갈렸지만, 왕자는 저녁마다 노을이 질 때면 그 모습을 넋을 놓고 바라보고 있었다. 그리고 밤하늘의 별을 하염없이 쳐다보곤 했다. 아이가 그러고 있으면 나인은 그 옆에서 천문에 대하여 자상하게 설명을 해주곤 했다. 확실히 무수히 반짝이는 별들과 따뜻한 노을빛은 정신 나간 이의 관심마저 이끌 만큼 아름답긴 했다. 그렇게 걷다 보니 어느새 충청도까지 내려왔다. 빈집들을 찾아 그곳에서 밤을 보내고 해가 뜨면 다시 종종걸음으로 걷기를 반복했다. 최대한 산의 능선을 따라 걸어서 그런지 사람들을 마주치는 일은 거의 없었다. 이따금씩 사람이라고 보기 힘들만 한 형상을 한 이들이 나타나기도 했다. 하지만 그들이 우리에게 위협이 되는 일은 없었다. 또한, 그들에게 해줄 수 있는 일도 없었다. 모진 겨울이어서 그런지 산을 따라 걷는데도 산짐승 하나 보이지 않았다. 이따금씩 참새 한 마리라도 날아다니면 그 작은 미물의 출현 자체가 반갑게 느껴지곤 했다. 다른 이들을 만나지도 못하고 그저 숨어 다니며 걷다 보니 완전히 바깥세상과 단절된 다른 세상에서 살아가고 있는 느낌이었다. 그러나 차라리 아무도 마주치지 않는 것이 다행이었다. 나는 남쪽으로 내려가면서 왕이 약조를 지킬 수 있도록 살아있기만을 바랄 뿐이었다. 그것도 아니라면 일찍이 적에게 손을 들어서 오랑캐들의 본대가 내 고향이 있는 남도까지 휩쓰는 일이 없기를 바랐다.

한 아흐렛날쯤 지나고 충청도를 벗어나 여산에 들어왔다. 우리가 챙겨온 먹을 것이 거의 끝을 보이고 있었다. 인파가 없는 곳으로 산줄기를 타고 걸어와서 챙겨온 식량을 예상보다 더 많이 먹게 되었다. 그 덕에 별다른 이들을 마주치지 않고 잘 왔지만, 식량이 예상보다 조금 더 빨리 동나게 되었다. 말고기도 얼마 남지 않았다. 여산에 들어온 날 밤 묵을 곳을 찾지 못해 이리저리 둘러보던 중 버려진 지 오래되어 보이는 허름한 사찰을 찾았다. 불상을 모시는 받침대는 있었지만, 불상이 있어야 할 자리에는 어지러이 흩어진 먼지 쌓인 경전들만이 가득했다. 그리고 희미하게 여러 보살의 그림이 그려져 있었다. 불상은 이미 누군가 오래전에 가져간 듯했다. 이보다 나은 곳이 없어 이곳에서 밤을 보내기로 했다.

"여기서 쉬고 계시오."

"어디를 가시렵니까?"

"먹을 것을 찾으러 사냥이라도 해볼까 하오."

"날이 곧 어두워져 위험할 것입니다."

"먹을 것이 다 떨어졌소. 약초나 버섯이라도 찾아봐야겠소. 금방 돌아올 테니 걱정하지 마시오."

"혹여 우리를 쫓는 이들이 찾아온다면 어떡합니까?"

그녀의 걱정은 합리적이었다.

"이곳을 오면서 보아하니 사람이 지나다닌 흔적이 보이지 않았소. 계속해서 숨어 다녔으니 아무도 오지 않을 것이오. 걱정하지 마시오."

"알겠습니다."

나인은 아이들을 앉히고 무엇인가 이야기를 해주고 있었다. 그녀는 여기까지 오면서 시간이 날 때마다 아이들에게 자기가 알고 있는 이야기들을 해주거나 배움을 전해주기도 했다. 왕자는 말은 없었지만 그래도 나인이 말을 할 때면 나인을 바라보았다. 나희는 이야기들을 듣는 것을 좋아했고, 배우기도 빨리 배웠다. 나는 나인이 아이들과 놀아주고 있는 것을 확인하고, 활을 들고 밖으로 나섰다. 남쪽역시 눈이 많이 내리긴 했지만, 북쪽만큼 많이 오지는 않았다. 걷는

데 지장이 있을 정도는 아니었다. 사찰에서 벗어나 다른 곳을 찾아 보았다. 하지만 눈과 고목들, 마른 낙엽들 말고는 아무것도 없었다. 생명이라고는 보이지 않았다. 낙엽이라도 주워서 챙겼다. 불을 피울 때는 유용할 것이다. 조금 더 걸어 산을 따라 올라가 보니 얼어붙은 폭포가 나왔다. 얼어붙은 폭포 뒤에 비스듬히 고꾸라진 채 부서진 돌로 만들어진 불상이 보였다. 어떤 석공이 먼 옛날 저 폭포가 생기 기도 전에 석상을 조각한 듯했다. 그러나 만들다 만 것인지, 소실된 것인지 얼굴과 몸통만 있고 하반신은 보이지 않았다. 불상은 얼굴 왼편이 조금 부서져 있었다. 부서진 얼굴이어도 미소 짓고 있는 것이 보였다.

세상이 불타 사라지고 있을 때, 당신은 여기 숨어있었군.

내심 내게 아무 말이라도 좋으니 답해 주기를 바랐는지도 모른다. 그러나 그는 대답하지 않았다. 그는 그저 부서진 채로 얼어붙은 폭 포 안에 갇혀 있었다. 씁쓸한 마음으로 돌아설 때 커다란 구렁이를 보았다. 구렁이는 내게 천천히 기어오고 있었다. 특이한 놈이었다. 이 시기면 동면에 들었어야 하는 때였다. 미소가 지어졌다.

그래도 오늘 먹을 것은 찾았군.

구렁이를 발로 밟고 머리를 잘랐다. 다른 녀석이 또 있을까 하여 둘러보았지만 다른 놈들은 보이지 않았다. 아마 녀석도 먹을 것을 찾고 있었던 것일까? 뱀도 자신을 제외한 생명은 내가 처음이었을 것이다. 나는 뱀을 어깨에 둘렀다. 점점 더 어두워지고 있었다. 나는 사찰로 돌아갔다. 사찰로 돌아가니 내 일행을 제외한 다른 이의 그림자가 보였다. 구렁이를 바닥에 던지고 황급히 활에 화살을 얹었다. 무언가 말하는 소리가 들렸다. 나는 심호흡을 하고 안으로 달려 들어 갔다. 안에는 노승이 앉아있었다. 나인은 그자와 이야기를 나누고 있었다. 내가 들어서자 안에 있는 이들이 모두 나를 바라보았다. 활을 거두었다.

"이자는 누구요?"

나인이 대답했다.

"이 절에 계시던 스님이라고 하십니다."

노승은 내게 인사했다.

"안녕하십니까?"

"나가시오."

그러자 나인이 나를 말렸다.

"위험한 분이 아닙니다. 하룻밤만 묵고 가신다고 합니다."

노승이 내게 말했다.

"나가라고 하시면 나가겠지만 달리 갈 곳이 없습니다."

"여기로 온 연유가 무엇이오?"

"지내던 곳이 불에 타서 사라졌습니다. 갈 곳이 없는 와중에 이곳이 떠올라 먼 길을 걸어 여기로 와보았습니다."

"어쩌다 불에 탄 것이오?"

"산불이 옮겨붙었습니다. 다른 불순한 목적으로 온 것이 아닙니다.

하룻밤만 재워주십시오."

노승은 얼굴은 잔뜩 주름지고 눈은 움푹 파여있었다. 그자는 며칠을 제대로 못 먹었는지 비쩍 말라있었다. 그러나 아무리 늙은이라고 해도 내키지 않았다.

"미안하지만 우리와 함께 있을 수 없소."

나인이 내게 말했다.

"엄동설한에 이분을 내보낸다면 추위에 얼어 죽을지도 모릅니다."

"우리가 모르는 이는 그게 누구라도 위험하오."

"제대로 걷지도 못하는 사람이 어디가 위험하다는 말입니까?"

나는 그 질문에 대한 답을 하지 못했다.

"하룻밤만이오. 해가 뜨면 떠나시오. 만약 우리를 위협하거나 우리의 것을 탐하려 한다면 가차 없이 죽일 것이니 그리 아시오."

"고맙습니다."

노승은 미소를 지으며 대답했다. 그리고는 우리와 멀리 떨어진 곳에 가 앉았다. 나는 그자를 계속 바라보았지만 별다른 행동을 하지는 않았다. 나는 밖에 내던진 구렁이를 다시 가지고 왔다.

"뭐라도 잡아오신 게 있습니까?"

"다행히도 이놈이 있더구려."

나인에게 구렁이를 들어 올려 보이자 나인은 기겁을 했다.

"당장 치우십시오. 이런 것을 어떻게 먹는다는 말입니까? 저는 어떻게 조리를 하는지조차 모릅니다."

그녀의 모습에 오랜만에 순수한 웃음이 터져 나왔다.

"내가 알아서 할 테니 그대는 안에서 아이들이나 돌봐주시구려."

그녀는 못 미더운 표정이었다. 그녀의 표정 덕분에 다시 웃음이 나왔다.

"모양새는 그대의 마음에 들지 않을 것이나 내 맛은 장담하리다."

나인도 역시 오랜만에 미소를 지었다.

"그럼 들어가서 준비를 하고 있겠습니다."

"그러시구려."

그녀는 안으로 들어갔다. 나는 홀로 잡아온 구렁이의 몸통을 따라 칼로 길게 그었다. 뱀의 껍질을 벗기고 내장을 뽑아내기 시작했다. 이러고 불에 구우면 든든한 식사가 될 것이다. 내가 북방에 있었을 때 이렇게 먹는 법을 배웠다. 그리고 고향에 가끔 내려올 때면 북방의 경험을 토대로 가족에게 구렁이나 개구리 따위를 잡아 구워준 적도 몇 번 있었다. 내 아내 역시 구렁이를 징그럽게 여겼다. 아이들은 처음에는 먹으려고 하지 않았지만, 살점을 조금 떼어서 입안에 넣어주면 이내 입가에 기름이 잔뜩 묻는 것도 모른 채 통째로 들고 맛있게 먹곤 했다. 아내는 그런 모습을 보며 행복한 표정을 지었었다.

"혹여 불쏘시개가 필요하십니까?"

나인이 밖으로 나와 물었다.

"괜찮소."

그녀에게 주워온 마른 낙엽을 들어 올려 보였다.

"알겠습니다."

그녀는 그러고는 다시 들어갔다. 잠시 죽은 이들에 대한 그리움에 내 자신이 함몰될 뻔했다.

다시 떨쳐내고 불을 피워 구렁이를 구웠다. 기름이 흘러내리고 맛

있는 냄새가 나기 시작했다. 구렁이를 다 구운 뒤 재빨리 발로 밟아 불을 껐다. 비록 아무도 없는 산처럼 보이지만 오랫동안 불을 피우는 것은 위험할 수 있다.

"자, 받으시오."

잘 구운 구렁이를 각각 자른 뒤 나인과 아이들에게 나눠주었다. 그 모습을 바라보던 노승과 눈이 마주쳤다. 그는 내게 미소를 지었다.

다들 잘 먹었다. 나도 한입 베어 물었다. 고소하고 쫄깃한 맛이 일품이었다. 오래 굶은 이들은 다들 허겁지겁 먹었다. 왕자는 먹을 것을 받아도 바라만 보고 있었다. 결국, 나인이 왕자에게 살점을 떼어 입에 직접 넣어주었다. 왕자를 먹이던 나인이 노승을 가리키며 내게 말했다.

"저분도 시장하실 것입니다."

"허나 저자에게 육식을 권할 수는 없소."

멀리 앉아 침묵하던 노승이 웃으며 말했다.

"제 걱정은 하지 않아도 됩니다."

"알겠소."

다들 배불리 먹었다. 노승은 어디선가 낡은 화로를 가지고 왔다. 혹여 밖에서 불빛이 새어나갈까 둘러보았지만 다행히도 불빛은 보이지 않았다. 다른 이들에게 발각되지는 않을 것이다. 아이들은 불을 쬐며 나인이 해주는 이야기를 듣다가 잠이 들었다. 나인은 잠들지 않고 왕자의 머릿결을 정돈해 주었다.

나인은 내게 다가와 오른팔의 상처를 새 천으로 감싸주었다.

"잠시라도 주무시지요."

"괜찮소."

"오랫동안 제대로 주무신 모습을 본 적이 없습니다. 괜찮으니 잠시라도 눈을 붙이시지요."

"내가 알아서 할 테니 부인 먼저 주무시오."

나인은 오로지 아이들만을 바라보고 있었다. 낡은 화로에서는 자그마한 불이 꺼질 듯 꺼지지 않으면서 사찰을 따뜻하게 해주고 있었다. 그녀의 말대로 온몸에 피곤이 쌓여있었다. 그러나 낯선 자가 불안해 잘 수 없었다. 노승은 이쪽은 쳐다보지도 않고 불화만을 바라보고 있었다. 아른거리는 불꽃을 바라보고 있으니 눈이 점점 감겼다.

아내와 자주 가던 꽃밭이었다. 아내는 화사하게 핀 꽃들 사이에 누워있었다. 나는 꽃들을 정성스레 모아 묶은 뒤 그녀에게 주었다. 그녀는 내가 건네준 꽃들을 보고 아이처럼 웃음을 터뜨렸다. 나도 그녀의 모습에 절로 웃음이 나왔다. 그때 내 뒤쪽에서 커다란 포성이 들렸다. 소리에 잠시 고개를 뒤돌아본 사이 아내는 사라지고 없었다. 바닥에는 내가 준 꽃다발이 내팽개쳐 있었다. 그녀를 애타는 마음으로 목청껏 불러보았지만, 점점 더 커지는 포성과 밀려오는 먹구름만이 세상을 뒤덮었다.

식은땀을 흘리며 잠에서 깨었다. 여전히 어두운 걸 보니 새벽인 것 같았다. 나인은 아이들을 껴안고 자고 있었다. 화로의 불은 꺼지고 작은 불씨만이 남아있었다.

"악몽을 꾸셨나 보오."

노승이 멀리서 내게 말했다.

"별거 아니오."

"가족분들이 돌아가셨나 봅니다."

"그것을 어찌 아시오?"

"돌아가신 분들의 이름을 부르짖고 계셨소."

꿈결에 나도 모르게 말이 흘러나온 것 같다.

"그대가 관여할 바 아니오."

"소승도 소중한 이들을 잃었습니다."

"그래, 당신네들이 모시는 부처께서는 그들에게 자비를 내리지 않았구려."

그는 내게 웃으며 말했다.

"부처께서는 소망을 들어주시는 분이 아닙니다. 그들이 죽는 그 순간 그 장소에 없었기를, 그래서 지금 이 순간 소승과 함께 곁에서 살아 숨쉬기를 바라는 것도 결국 소승의 욕심이 되겠지요."

"그럼 그자는 무엇을 위해 존재한다는 말이오? 무엇을 위해 그리도 커다랗게 불상을 세우고 만신이라도 되는 양 떠받드는 것이오?"

"그분의 과거를 보면서 미래를 깨닫기 위함이지요."

"그래서 깨달음은 얻으셨소?"

노승은 고개를 가로저었다.

"평생을 수련해 왔지만, 아직도 부족합니다."

"평생을 바쳤는데도 깨닫지 못했다면 부질없는 삶이 되시겠소."

"깨닫지 못하더라도 하루하루 살아간 날들보다는 더 지혜로워지겠지요."

"그게 그대가 원하는 바요? 하루하루 백성들에게서 쌀이나 빌어먹으며 불경이나 외는 것이?"

노승은 나를 바라보았다. 그의 움푹 꺼진 눈에서는 아무것도 보이지 않았다.

"왜 저들을 지키고 있는 것입니까?"

그가 내게 물었다.

"큰 대가를 받았소. 단지 그뿐이오."

"그런 연유만은 아닐 것입니다."

침묵이 흘렀다.

"소승이 볼 때는 저분들에게 몹시 마음이 깊어 보입니다."

"당신의 착각이오."

노승은 내 대답을 듣고는 미소를 지었다. 그는 자리를 고쳐 앉아 불상이 있던 자리를 향해 기도를 했다.

"돌아가신 가족분들을 향한 기도를 올렸습니다."

그 말에 울분이 치솟았다.

"그런다고 내 가족들이 살아 돌아오는 것이오? 대체 부처라는 자는 내 가족들이 죽을 때 무엇을 하고 있었소? 탐관오리들이 백성들의 고혈을 빨아먹고, 오랑캐들이 이 세상을 무참히 짓밟고 유린하고 있을 때 그자는 무엇을 하고 있었느냐는 말이오!"

노승은 차분하게 말했다.

"소승이 말씀드렸다시피 부처께서는 원하는 바를 들어주시는 분이 아닙니다. 좋은 말씀과 행적을 남기시고, 그를 통해 남겨진 이들에게 깨우침을 전달하시는 분이지요. 세상이 이렇게 된 것은 지금 이 세상에 부처의 말씀을 행하는 자가 많지 않기 때문입니다."

"나는 내 아내와 내 자식까지 내 모든 것을 잃었소. 내게는 더 이상 살아갈 이유도 욕망도 없소. 그런데 부처라는 자는 이런 내게 아무 말조차 없소."

"방금 전에는 대가를 받아 저들을 지킨다고 말씀하시지 않으셨습니까?"

노승이 내게 물었다.

"지금 나랑 말장난하자는 것이오?"

"물론 아니지요."

그는 이어서 말했다.

"가족들을 잃었다면 그 마음이 찢어지겠지요. 그것도 모두를 잃었다면 차마 형언하기 어려울 만큼 참담할 것입니다. 허나 거기에도 깨달음은 있을 것입니다."

내 가족들의 죽음을 오만하게 언급하는 그에게 분노가 치밀었다.

"개죽음에 무슨 깨달음이 있다는 것이오."

"한 번 잃었으니 두 번은 잃지 않도록 해야지요."

노승은 화로 곁에서 자고 있는 이들을 가리켰다.

"지금 곁에 있는 가족들마저 잃지 않도록 해야겠지요."

그는 다시 기도를 했다. 그리고 겉옷을 걸치며 자리에서 일어났다. 밖에서는 희미하게 동이 트고 있었다.

"소승은 이만 가보겠습니다. 밤이 지났으니 약조한 대로 떠나야겠지요. 부디 저분들을 안전히 지키시고 평안한 삶을 살기를 바라겠습니다."

그는 나가려다 말고 문 앞에 서서 내게 말했다.

"이런 어지러운 세상에도 분명 좋은 이들은 있을 것입니다."

"지금껏 여기로 오면서 온갖 악인들만 만나왔소. 병사들이건 백성들이건 그게 누구건 모든 이들이 악인들이었소."

"당신도 누군가에게는 악인이었을지도 모릅니다. 소승도 마찬가지지요."

"그럴지도."

노승은 내 눈을 지긋이 바라보며 말했다.

"그러나 악인들이 으레 그렇듯이 선한 이들 역시 모든 사람 속에 있을 것입니다.

그리고 그는 문을 닫고 홀연히 사라졌다. 문을 닫는 소리에 자고 있던 나인이 일어났다.

"무슨 일이 있었습니까?"

"아무 일도 없었소. 그저 아침이 찾아와 승려가 떠났을 뿐이오."

"아이들을 깨우시오. 다시 출발합시다."

나인은 아이들을 깨워서 준비를 시켰다. 나는 그사이에 밖을 내다보았다. 노승이 떠난 지 시간이 오래 지나지 않았으나 그의 발자국은 어디에도 보이지 않았다.

칼날

노비는 군말 없이 우리를 안내했다. 노비는 자기가 그곳에서 살았던 적이 있다고 말했다. 그만큼 길을 잘 알 것이다. 그러나 출발하기 전에 주손이 말했었다.

"이제 그자가 어디로 가는지 알았으니 저 노비는 필요가 없지 않습니까?"

맞는 말이지만 조금이라도 도움이 될 수 있었다. 진영은 분명 의로운 자다. 의를 지닌 이는 결코 자신의 사람을 내팽개치지 않는다.

"나중에 볼모로 써먹을 일이 있을 수도 있으니 일단은 데려가자꾸나."

노비는 자신의 목숨이 가벼운 것을 아는지 모르는지 앞장서서 가고 있었다. 노비를 따라 남쪽으로 내려갈수록 나도 모르게 가슴이 뛰고 있었다. 도무지 진정이 되지를 않았다. 이제 그 아이가 우리의 손아귀에 들어올 일이 머지않았다. 그렇게 된다면 나와 아우들은 다시 돌아갈 수 있다. 가족의 품으로. 나는 만나게 될 나의 가족을 머리에 그리고 있었다. 가슴이 희망으로 부풀어 터질 것만 같은 기분이지만, 진정해야 한다. 진영을 상대할 때는 그 누구보다 차가워야 한다. 비록 우리의 수가 더 많지만 한 치의 실수도 놓치지 않을 자다.

"형님."

진영은 과연 우리에게 어떻게 대응할 것인가?

"형님!"

주손이 내게 소리쳤다.

"미안하구나. 잠시 생각에 빠져있었다."

주손이 눈앞의 조그만 마을을 가리키며 말했다.

"저 마을이 마지막 마을일 것입니다."

"우리는 반드시 진영보다 먼저 도착해야 한다."

주손이 내게 가까이 다가와 조용히 말했다.

"말들이 많이 지쳤습니다. 그리고 끼니를 제대로 때우지도 않고 며칠째 계속 움직여 다들 배가 주릴 것입니다."

맞는 말이다. 진영을 상대하는 것이 다가오고 있는 이 순간 기운이 빠진 채로 있을 수는 없다. 아우들에게 말했다.

"저 마을에서 잠시 쉬면서 먹을 것을 찾아보거라."

"알겠습니다."

마을에 들어섰지만 아무도 보이지 않았다. 심지어 몇몇 집은 불에 타있었다. 그나마 성한 집에 들어가 여장을 풀었다.

"주변에 먹을 것이나 말에게 먹일 것이 있나 찾아보거라."

"알겠습니다."

주손이 아우들을 데리고 밖으로 떠났다. 노비와 단둘이 남았다. 노비는 앉지도 않고 내 눈치를 살피고 있었다.

"편히 앉거라."

"괜찮습니다."

"괜찮으니 편히 앉거라. 너도 피로할 것이 아니냐."

그 말에 노비는 조심히 바닥에 앉았다.

"저기 말씀드릴 것이 있습니다."

"무엇이냐?"

"정말 제 약조를 지켜주실 수 있는 것입니까?"

간절한 눈빛으로 내게 묻고 있었다.

확실하지 않았다. 그러나 나는 이 노비를 이용해야 한다.

"그렇다. 분명 너는 너의 짝을 만나게 될 것이다. 걱정하지 말거라."

이 노비의 짝이 어디 있는지 살아는 있는 것인지 나는 그 무엇도 알지 못한다. 그러나 그것은 내 알 바가 아니다. 나는 만일을 대비해 이 노비를 이용해야 한다. 그렇기에 희망을 주어야 한다.

"내게 이 일을 맡긴 자는 이 나라에서 임금보다 힘 있는 자다. 그러니 네 짝을 만나는 일쯤은 간단하게 들어줄 것이다. 내가 너의 충정에 대해 잘 말해 보마."

"정말 감사합니다."

잠시 침묵이 흘렀다. 이윽고 노비가 내게 다시 물었다.

"그런데 그 맡기신 일이라는 게 무엇입니까?"
"그건 왜 알려고 하는 것이냐?"
"제가 더 도움이 되고 싶습니다."

이 노비에게 알려줘도 되는 것인지 고민되었다.

"네 일행이 데리고 있던 아이를 찾아야 한다."
"그다음에 어찌 되는 것입니까?"
"그것은 네 알 바가 아니다."

노비는 잠시 생각에 잠겼다가 다시 말했다.

"죽여야 한다면, 그래야 제가 제짝을 만날 수 있다면 제가 더 도움
이 될 수 있을 것입니다."
"어떻게 말이냐?"
"제 일행은 저를 믿을 것입니다. 저를 이용하셔서 그들을 속인다면
일이 더 쉬워질 것입니다."

내가 가족들을 다시 보고 싶은 만큼 이 노비도 짝을 보고 싶은 것
이다. 무슨 짓을 해서라도 만나고 싶은 이가 있는 것이다. 마치 나처
럼. 이 순수함과 어리석음을 나는 불순하게 이용해야 한다. 남쪽으

로 내려갈수록 내 안에는 가족에 대한 그리움밖에 남지 않았다.

"생각해 보마. 일이 잘 풀린다면 내가 네 짝을 반드시 만나게 해줄
것이다. 너희 둘이 살 곳도 내가 마련해 주마."
"정말입니까?"

연신 감사하다며 머리를 조아리는 멍청한 노비에게 측은함 같은
것은 느껴지지 않았다. 내가 변한 것인지 점차 괴물이 되어가는 것
인지 두려움이 스쳤지만 잠시였을 뿐 이내 그런 생각은 사라졌다.

별안간 멀리서 비명 소리가 들렸다. 나는 노비와 함께 소리가 난
곳으로 달려갔다. 그곳에는 어떤 노인이 시란과 곡식이 들어있는 주
머니를 두고 실랑이를 벌이고 있었다. 집 안에는 어린아이가 울고 있
었다. 주손과 충안이 시란을 말렸다. 시란이 칼을 꺼내 들었다.
"시란아! 정신 차리거라."
내 말에 시란이 나를 쳐다보았다.
"칼을 집어넣거라."
시란은 얼빠진 표정이었다.
"어서 집어넣거라."
시란이 칼을 거두었다. 시란에게 노인이 항아리를 집어던졌다. 항
아리는 시란의 머리에 날아가 깨졌다. 시란은 맥없이 쓰러졌다. 머리
에서는 피가 흘러내렸다. 나는 칼을 꺼내 들었다. 나는 천천히 다가
가 노인을 베었다. 노인은 쓰러졌고, 그의 하얀 저고리가 피로 물들

기 시작했다.

"형님!"

주손이 내게 소리쳤다.

"지금 무슨 짓을 하신…."

주손의 표정이 하얗게 질리며 쓰러졌다. 주손이 쓰러지고 그 뒤에 울고 있는 어린아이가 피 묻은 부엌칼을 쥐고 서있었다. 머릿속이 멍했다. 아이에게 다가갔다. 아이는 울면서 뒷걸음을 쳤다. 그러다 바닥에 솟아난 돌부리에 걸려 넘어졌다. 나는 넘어진 아이를 베었다. 더 이상 울음소리는 들리지 않았다. 바닥에는 쌀알들이 널브러져 있고, 충한과 노비가 경악해 나를 쳐다보고 있었다. 충한이 무어라 내게 말했지만 아무 말도 귀에 들어오지 않았다. 나는 충한을 뒤로하고 시란에게 다가갔다. 시란은 머리를 부르르 떨며 피를 흘리고 있었다. 주손을 바라보니 주손은 허리에 큰 흉터가 나있었다. 메꿀 수 없는 상처였다. 몸을 움직이려 애쓰고 있었지만 그는 더 이상 일어서지 못할 것이다. 나는 고통을 줄여주고자 시란과 주손을 차례로 베었다. 그들에게 해줄 수 있는 것은 그게 전부였다.

"… 먹을 것을 챙기거라. 어서 이동하자."

충한은 그 자리에서 죽은 자들을 바라보고 있었다.

"무엇하느냐. 어서 움직이지 않고."

충한은 움직이지 않았다.

"내 말이 들리지 않느냐!"

그러자 충한이 칼을 뽑아 내게 겨누었다.

"형님과 더는 같이 다니지 않을 것이오."

"지금 내게 무어라 한 것이냐?"

충한이 떠는 목소리로 말했다.

"어쩌다… 이리되셨소?"

"다 너희들을 위해서였다."

"아니, 전부 당신을 위해서였소. 아이를 죽이려는 임무를 받았을 때부터 변한 것을 느꼈소."

나는 아무 말도 하지 않았다.

"지금 당신을 보시오. 비록 역적 취급을 받았더라도 그래도 한 나라의 무위였던 자가 어린아이와 노인을 죽였소."

그의 목소리에서 떨림이 느껴졌다.

"어린아이건 노인이건 상관없이 나의 아우들을 건드렸다. 나는 그에 맞은 복수를 한 거다."

"궤변이오."

"기껏해야 노략질이나 하던 왜놈 하나 데리고 다녀주었더니 못하는 말이 없구나."

충한은 고개를 가로저으며 단호하게 말했다.

"당신 같은 자와는 함께하지 않을 것이오."

그리고 떠났다.

죽은 이들이 흙바닥에 널브러진 가운데 노비만이 내게 남아있었다.

"… 먹을 것을 챙기거라. 서둘러 움직이자꾸나."

남행

"준비를 다 마쳤습니다."

나인이 내게 다가와서 알렸다.

"어서 출발합시다."

오랜만에 날이 맑게 개었다. 그간 내내 흐리고 눈이 쏟아지곤 했는데, 이렇게 구름 한 점 없이 맑은 날은 참으로 오래간만이었다. 날이 맑아 산길에서도 아이들은 도움 없이 스스로 걸을 수 있었다. 어느 정도를 걸으니 비탈길이 끝이 나고, 높이 솟은 나무들이 빽빽하게 이어져 있는 길이 나왔다. 아이들은 오랜만에 걷는 평지라서 그런지 이리저리 뛰놀며 서로를 쫓고 있었다.

"너무 멀리 가지는 말거라."

나인은 아이들에게 말했다. 아이들은 말을 들었는지 못 들었는지 신나서 이리저리 뛰어다니고 있었다.

"너무 걱정하지 마시오. 별일 없을 거요."

"알겠습니다."

나인은 아이들을 바라보며 대답했다.

"그대는 참으로 아이들을 좋아하는 것 같소."

"과찬이십니다."

"원래 아이들을 그리 좋아하시오?"

"아이들만큼 티 없이 맑은 이들이 없지 않습니까."

"맞는 말이오."

말없이 걷던 나인이 내게 물었다.

"저… 한 가지 여쭙고 싶은 게 있습니다."

"무엇이든 물어보시오."

"전란은 어찌 되었을 것 같습니까?"

나도 궁금했다. 사람과의 접촉을 최대한 피하며 남쪽으로 내려왔다. 오랑캐들이 이겼는지 아니면 우리가 몰아냈는지 어떤 소식도 알지 못했다.

"확답은 어려우나 한 가지 확실한 것은 쉽지 않은 싸움일 것이라는 거요."

"전하의 안위는 무탈하시겠지요?"

"그것 또한 모르는 것이오. 내가 봐온 이들 중 제일 악질인 이들이 바로 북방의 오랑캐들이었소. 그들은 잘 구슬려도 그때뿐이고, 오로지 그들에게 이익이 된다면 살인과 약탈만을 일삼으며 예법이라고는 눈을 씻고 찾아볼 수 없는 이들이었소."

나인은 한숨을 내쉬었다.

"전하께 별일이 없으셔야 할 텐데 말입니다."

"그러게 말이오."

맞는 말이다. 반드시 살아남아 나와 한 약조를 지켜야 할 텐데 말이다. 적어도 내 고향 집 뒷동산이라도 받아내야 하는데 말이다.

"숲이 끝나갑니다."

나인이 말했다. 그녀가 말한 대로 끝나지 않을 것 같던 나무들로 즐비하게 들어선 숲이 끝을 보이고 있었다. 숲이 끝나고 작은 고을이 보였다. 고을은 전부 새까맣게 불에 타서 재가 되어있었다.

"아이들을 부르시오."

나인은 아이들을 불렀다. 아이들은 폐허가 된 고을을 보고는 겁을 먹고 그녀의 품으로 달려 들어왔다. 나는 주변을 둘러보았다. 커다란 바위 밑에 사람이 숨을 만한 공간이 있었다. 나는 그녀를 바위 밑에 데려다 놓고 말했다.

"여기서 잠시 기다리시오. 잠시 둘러보고 오겠소."

"그냥 피해 가면 안 됩니까?"

그녀가 겁에 질린 얼굴로 말했다.

"우리가 제대로 길을 가고 있는 것인지, 적들이 들이닥친 것인지 확인해야겠소. 확인만 하고 바로 돌아올 테니 잠시만 기다리시오."

"확인만 하고 바로 돌아오셔야 합니다."

"알겠소. 금방 다녀오겠소. 혹시 모르니 이것을 받으시오."

나인에게 단검을 주었다. 그녀는 말없이 받았다.

"혹시라도 위태로운 일이 생긴다면 힘껏 소리를 지르시오."

"알겠습니다."

"얼른 다녀오겠소."

나는 활을 들고 불탄 고을을 향해 걸어갔다. 한 걸음, 한 걸음 다가가자 불에 타서 매캐한 냄새가 진동했다. 들어서다 멈칫했다. 내 고향으로 가는 마지막 길목에 있는 고을이었다. 화마에 심하게 휩싸여 내가 알아보지도 못한 것이다. 고향 집으로 돌아갈 때면 이곳을 들려서 노리개나 거울 같은 것을 사서 아내나 자식들에게 줄 것을 생각하며 흐뭇하게 돌아가곤 했었다. 벌써 우리가 남도에 와있었다. 그렇다는 건 오랑캐들이 남도의 끝자락까지 쳐내려왔다는 것인가. 내 고향 집이 오랑캐들에 의해 사라질 수도 있다는 것인가…. 나는 내가 지키고 있는 이들에게 돌아가야 했지만, 정신 나간 사람처럼 고을 안을 이리저리 살폈다. 고을 안에는 사람이라고는 아무도 없었다. 내가 자주 들러 장신구를 사 가던 곳 역시 새까맣게 그을려 있었다. 불에 검게 탄 방울들이 바닥에 잔뜩 떨어져 있었다. 그때 누군가 멀리서 나를 쳐다보고 있는 것이 느껴졌다. 그리고 점점 내게로 살금살금 다가오는 것이 느껴졌다. 나는 그의 접근을 모르는 척 바닥을 살피는 시늉을 했다. 놈이 점점 더 가까이 접근해 왔다. 바로 내 뒤 담벼락까지 온 것이 바닥을 밟는 소리로 느껴졌다. 나는 아무것도 모르는 양 일어났다. 그러면서 슬며시 단검을 꺼냈다. 놈이 내게 달려드는 것을 알아차린 순간 뒤를 향해 단검을 던졌다. 그러나 무언가 무너지는 소리가 들렸고, 단검은 엉뚱한 곳으로 날아가 박혔다. 놈은 황급히 달려들다가 불에 타 약해진 담벼락이 무너지는 바람에 그 아래에 깔리고 말았다. 놈은 끼잉거리며 그곳에서 빠져나오려고 애를 썼다. 그의 옆에는 녹슨 낫이 나뒹굴고 있었다. 그는 내게 애써 웃음 지으며 말했다.

"도와주쇼."

"내가 왜?"

"같은 조선 사람끼리 좀 도웁시다."

"네놈은 나를 멀리서부터 지켜보고 몰래 다가와 덮치려 하지 않았더냐?"

깔려있는 자는 내게 얼굴을 절레절레 흔들며 말했다.

"그것은… 오랜만에 사람을 봐서 오랑캐인 줄 알았소."

"오랑캐들이 이곳을 지나간 것이냐?"

"그렇소."

"언제 지나갔느냐?"

"한 사흘 정도 되었소."

"그런데 어째서 아무도 없는 것이냐?"

"오랑캐들이 쳐들어온 곳은 애건 어른이건 죄다 잡아간다고 합디다."

그는 자신 위에 쌓인 흙을 치우려 애를 쓰며 말했다.

"여기 있는 이들도 다 잡혀가거나 그전에 이미 도망갔소."

"너는 어떻게 남아있는 것이냐?"

"이보시오. 일단 이것 좀 제발 치워주시오. 죽겠소."

무너진 담벼락에 깔린 녀석은 숨이 넘어가려 하고 있었다. 놈의 손을 잡고 일으켜 세웠다. 그자는 흙을 털어내며 말했다.

"고맙소. 몰래 덮치려 한 것은 미안하오."

"왜 오랑캐들이 백성들을 잡아가는 것이냐?"

"데려가서 자기네 나라의 백성으로 만든다고 하오."

그의 말을 듣자 이해가 되었다. 내가 북방에서 지켜본 오랑캐들은 다들 말을 몰고 싸우는 족속들이었지, 자신들이 머무는 주거지에서 농사를 짓거나 애를 낳거나 하는 이들은 싸우는 이들에 비해 지나치게 부족했다. 그래서 주로 약탈에 기대는 족속들이었다. 그런 이들이 약해진 중원과 겨룰 나라다운 나라를 만든다면 백성들이 필요할진대 그들에게는 백성이 별로 없으니 이마저도 약탈로 충당하려는 것이다. 씁쓸해졌다.

"그래, 관군이 패배한 것이냐?"

그는 나를 이상하게 쳐다보았다.

"바깥세상 돌아가는 꼴을 잘 모르시나 보오."

"소란을 피해 숨어 다니는 중이다. 무슨 일이 있었던 것이냐?"

그는 기침을 내뱉으며 간단하게 말했다.

"오랑캐들이 이겼소."

"관군은?"

그러자 그자는 피식 웃었다.

"관군이라니? 그런 건 없소."

"그게 무슨 말이냐?"

"말 그대로 없다는 말이오. 오랑캐들한테 깔끔하게 쓸려나갔을 테니 지금쯤 남아있는 관군은 아마 없을 거요."

"조정은 어찌 되었느냐?"

"임금이 죽었소."

왕이 죽었다고 했다.

"어쩌다가?"

"임금을 오랑캐들한테 넘기고 어린 왕자를 새로운 왕으로 세웠다고 합니다그려."

잠시 말이 나오지 않았다. 목을 가다듬고 간신히 내뱉었다.

"언제 그런 것이냐?"

"도성이 빼앗긴 후 그랬다고 들었소."

"그럼 그 새로운 왕은 무엇을 하고 있느냐?"

"왕은 꼭두각시요. 대신들이 오랑캐들에게 항복했다고 들었소."

"정말이냐? 거짓을 고하는 것이라면 네놈 목숨은 오늘로 달아날 줄 알아라."

내가 활을 겨누자 그는 놀라 손사래를 치며 말했다.

"정말이오. 만백성이 다 알고 있는 사실이오."

"그럼 이미 항복했는데 왜 오랑캐들이 돌아가지 않고 이런 외진 곳까지 내려와 작은 고을까지 불태운 것이냐? 말이 되는 이야기를 하거라."

"모두가 항복한 것은 아니라고 들었소. 몇몇은 저 멀리 남도로 달아나서 항전하고 있다고 들었소. 그 때문에 오랑캐들이 이곳까지 내려온 것이오."

"누구에게 들은 것이냐?"

"군영에서 도망친 자와 잠시 함께 숨어 다녔었는데 그자가 아주 자세히 알려주었소."

"그자는 지금 어디 있느냐?"

"엊그제인가 오랑캐가 쏜 화살에 맞고 죽었소."

그는 아무렇지 않게 말했다.

"남도로 달아난 이들은 어디서 싸우고 있느냐?"

"아마 지금쯤 다들 잡히거나 죽었을 것이오."

"확실한 것이냐?"

"내 살아생전에 저 오랑캐들보다 재빨리 움직이는 족속들은 본 적이 없소. 아마 지금쯤이면 관군은커녕 남쪽 해안의 왜구들마저 다들 끝장났을 것이오."

나는 아무 말도 하지 못했다. 그는 내 기색을 살피더니 내게 물었다.

"다 물었으면 가보아도 되겠소?"

나는 말없이 고개를 끄덕였다. 그는 옷매무새를 정리했다. 그리고 쓸 만한 것들을 주변에서 찾는지 이리저리 두리번거렸다. 나에게는 그가 가기 전에 물어야 할 것이 한 가지 더 있었다.

"하나만 더 묻자꾸나."

"물으시오."

"여기서 서남쪽으로 십 리 정도 내려가면 조그만 마을이 하나 나온다."

"서화마을을 말하는 것이오?"

그의 입에서 나온 이름은 내 고향 마을의 이름이었다. 그에게 묻기가 너무나 두려웠지만 물어봐야만 했다.

"그곳은 어떻게 되었느냐?"

"이곳이랑 똑같소. 적들이 이미 휩쓸고 지나가 새까맣게 다 탔소."

"정말이냐?"

"직접 봤소."

"살아남은 이들이 있지는 않으냐?"

"늙은이들은 전부 죽고, 젊은이들은 잡아갔소."

그대로 바닥에 주저앉았다. 오른팔의 상처에서 통증이 느껴졌다. 앞의 시야가 흐려지는 듯했다. 더 이상 내게 아무것도 중요하지 않았다.

"정말 다 죽였느냐…?"

"그곳에 살아있는 것이라고는 아무것도 없소."

그 말을 듣고 그대로 정지했다.

"너무 오래 있지는 마시오. 오랑캐들이 아직 주변에 있으니."

그는 그렇게 말하고 내 눈치를 보며 낫을 줍고는 사라졌다. 나는 그가 무얼 하건 개의치 않았다. 고향이 불에 타 사라졌다는 말을 들었을 때 가슴 한쪽에 마지막으로 남아있던 무언가가 무너져 내리는 기분이었다. 왕은 죽었고, 고향은 불탔다. 내게 한 약조를 그는 지키지 못했다. 내 늙은 어머니는 죽음이 다가오는 것도 모른 채 나를 그리다가 죽었을 것이다. 울분에 차오르다가도 이내 팍 사그라들고 또 다시 분노와 증오가 온몸을 휘감았다. 내 안의 모든 것이 사라져버린 상황에서도 화마가 어머니가 있는 내 고향 집만큼은 운 좋게 피해가지 않았을까 하는 얄팍한 마음이 피어올랐다. 그래도 직접 확인해 보아야 했다. 그때 나인을 숨겨두고 온 방향에서 비명 소리가 들렸다. 소리가 들린 방향을 살펴보니 오랑캐들의 깃발을 달고 있는 기병 둘이 보였다. 멀리서 보았을 때 말을 몰고 있는 자와 나인이 몸싸움을 벌이고 있는 것 같았다. 나인이 이리저리 끌려다녔다. 나는 활을 꺼내 놈들이 있는 방향으로 대충 화살을 날렸다. 그러자 놈들의 말이 놀라 날뛰었다. 그들은 무언가를 매달은 채로 말을 잽싸게 몰아 달아났다. 잘은 보이지 않았지만 아이들인 것 같았다. 나는 나인에게 일이 생긴 것을 보았다. 하지만 그들에게 달려가서 구원할 마음이 도무지 생기지 않았다. 머리에서는 힘없는 연약한 아이들이 적들의 손아귀에 잡혀가는 상상을 하고 있었지만, 마음은 이미 저 땅속 깊숙이 푹 꺼져 나를 아무것도 할 수 없게 만들었다. 나는 나인을 숨긴 바위가 있는 쪽으로 그저 천천히 걸어갔다. 나인이 멀리서 내게 달려왔다. 그녀의 손에는 피가 묻은 단검이 들려있었다. 그녀는 얼굴에 피를 뒤집어쓴 채로 울먹이며 내게 말했다.

"어서 저놈들을 쫓아가야 합니다."

나는 아무 말도 하지 못했다.

"아이들이 다 잡혀갔습니다. 제가 잠시 한눈판 사이에 올가미로 낚아채 갔습니다."

그녀는 피 칠갑이 된 채로 몸을 덜덜 떨며 말했다.

"내가 지켰어야 하는데…. 내가 대신 잡혀갔어야 했는데…. 차라리 나를 잡은 놈이 아니라 아이들을 잡은 놈에게 칼을 찔렀어야 하는데…."

그녀의 몸에는 땅에 굴러 생긴 상처들이 가득했다.

"어서 쫓아가야 합니다."

그녀는 내게 비명을 지르듯이 말했다. 나는 그런 그녀를 물끄러미 쳐다보았다.

"왕이 죽었소."

그 말에 흥분해 미쳐 날뛰던 나인이 나를 바라보았다.

"다 끝났소."

"그래도 아이들을 구해야 합니다."

"왜 구해야 하오? 내게는 구할 이유가 없소."

"어린아이들이지 않습니까!"

그녀는 미친 사람처럼 내게 고래고래 소리를 질러댔다.

"그러고도 당신이 대장부요? 장수였다는 자가 어떻게 그럴 수 있단 말입니까?"

"나는 애당초부터 이들을 구하려는 마음이 없었소. 그저 고향 집이나 지켜보려고, 집 뒤의 땅이나 얻어보려는 헤픈 마음에 나선 것이오. 그런데 다 끝났소. 왕은 죽고, 내가 지키기 위해 나선 고향은 불에 타 사라져버렸소. 왕은 약조를 지키지 못했고, 그의 무능으로 결국 내 어미는 고향과 함께 오랑캐들에게 죽었소."

나인은 나를 원망하듯이 바라보았다.

"장군이 가지 않더라도 나는 혼자서라도 구하러 갈 것입니다."

그녀는 멍하게 앉아있는 내 품에서 거칠게 단검을 빼냈다. 나는 잠깐 동안 그녀가 그 단검으로 나를 찔러주기를 바랐다. 그러나 그녀는 단검을 양손에 들고 오랑캐들의 기병이 사라진 방향으로 달려갔다. 나는 그런 그녀를 가만히 바라보았다.

고행

　　그녀가 시야에서 사라진 후 한참이 지나고 나는 천천히 일어나 다시 검게 그을린 고을 안으로 들어갔다. 그녀와 아이들에게 잠시 죄책감이 들었지만, 내 안을 감싸고 있는 무력감이 더 컸다. 죽고 싶었지만 내 목숨을 끊기 위해 내 목에 칼을 꽂는 것마저 귀찮았다. 그리고 단검은 나인이 전부 가져갔다. 자리에서 일어나 고을 안을 천천히 둘러보니 그렇게 심하게 타지는 않은 기와집이 나왔다. 물론 집 안에는 모든 것이 어질러져있었다. 마당의 독들은 다 깨져있었고, 책들은 다 타서 재가 되었거나 타다 말았다. 문짝은 다들 부서져있었다. 그러다 벽장에서 멀쩡한 호리병들을 발견했다. 열어보니 양반들이 흥이 돋을 때 마시는 나름 좋은 술인 것 같았다.

　술을 마지막으로 마신 게 언제인지 기억도 나지 않는다.

병을 들고 그대로 안으로 들이부었다. 비록 독한 술이었지만, 오랜만에 맛보는 술맛은 깔끔하고 신선했다. 나는 멈추지 않고 계속 들이부었다. 그러자 술기운이 짧은 순간에 한꺼번에 올라왔다. 어질어질했다. 그래도 남은 한 방울까지 마셨다. 술기운에 얼굴이 화끈거렸다. 나는 남은 술이 있나 이리저리 뒤지고 벽들을 부수고 땅도 잠시 파보았지만, 술은 더 이상 나오지 않았다. 졸음이 몰려왔다. 이제 더 이상 남을 생각하지 않아도 된다. 눈이 무거워졌다. 무거우면 무거운 대로 몸을 맡겼다. 점점 눈앞의 광경이 흐려지고 아무 생각도 들지 않았다. 흐릿했던 것들조차 사라지고 칠흑 같은 암흑이 눈앞에 찾아왔다. 꿈결인지 현실인지 구분이 되지 않았지만 아주 멀리서 누군가 내 이름을 부르는 것 같기도 했다.

고향 집에 돌아와 있었다. 아이들은 마당에서 서로 뛰놀고 있었다. 아내는 아궁이에 불을 때고 있었고, 어머니는 마당에서 아이들과 놀아주고 있었다. 그 모습에 나도 모르게 눈물이 흘러나왔다. 아이들이 내게 달려와 손을 이끌었다.

"보고 싶었습니다."

딸아이는 내게 자기가 만든 인형을 내 손에 쥐여주었다. 아들은 자기가 직접 나무를 깎아 만든 칼과 방패를 자랑했다. 가족들을 만난 것이 너무나 기뻤다. 그러나 그 기분은 오래가지 않았다. 무언가 이상했다. 잘못 돌아가고 있었다. 무형적인 것에서 이들은 내 가족과 달랐다. 이들은 내 가족들이 아니었다. 생김새만 내 가족과 닮았을 뿐, 내 가족들은 아니었다. 집조차도 내가 머물던 곳인데 점점 시간이 지날수록 낯설게 느껴졌다. 나는 그들이 결국 허상임을 깨달았다.

"일어나셔야 합니다."

깨달았을 때 딸이 내게 말했다.

"그게 무슨 말이냐?"
"구해주십시오."
"이미 너희는 죽었는데 어떻게 구하라는 말이냐?"

아이의 말에 말이 떨려 제대로 나오지 못했다.

"죽지 않았습니다."

먹구름이 빠르게 몰려왔다. 점점 어두워졌다. 내가 잠시 하늘을 바라본 사이에 아이들은 사라지고 왕자와 나희가 그 자리에 서있었다. 어느새 내 집이 불에 타고 있었다. 불은 집채만큼 커져서 더욱더 활활 불타오르고 있었다. 나인과 아이들은 서로 손을 맞잡았다. 불은 점점 더 커져서 그들에게로 옮겨붙었다. 그들은 불에 탄 채로 나를 손으로 가리켰다. 생살이 불에 타는 끔찍한 냄새가 났다. 그들은 점점 흉측한 모습으로 바뀌었다. 그때 눈을 떴다. 눈을 뜨면서 빛을 보는 동시에 귓가에 딸아이가 외친 말이 다시 맴돌았다.

'죽지 않았습니다.'

그러나 너희들은 죽었다.

나는 대청마루에 덩그러니 누운 채로 있었다. 아직 날이 밝았다. 해가 한가운데 떠있었다. 그때 누군가 걸어오는 소리가 들렸다. 고개를 돌려 누가 오는지 보려고 했지만, 몸이 너무나 무거웠다. 마치 밤새 곤장이라도 맞은 것마냥 몸 어느 하나 까딱하는 것조차 힘들었다. 그저 누운 채로 하늘만 바라보는 수밖에 없었다. 걸어오는 소리가 점점 가까워져 왔다. 그리고 끝내 내가 누워있는 집 안으로 들어왔다. 내 앞에서 걸음 소리가 멈추었다. 그리고 시야에 얼굴 하나가 들어왔다. 아침에 떠난 노승이었다.

"오랜만입니다."

그는 내게 미소 지으며 고개를 숙여 인사했다.

"미안하오. 몸이 만근이라 일어나지 못하겠소."
"알고 있습니다."
"어떻게 알고 있소?"
"마음이 무거우면 몸도 무거워지는 법이지요."

"내 마음이 무겁다는 말이오?"

"소승이 보기에는 그렇게 보입니다."

"그대가 보기에 그런 게 아니라 그대는 이미 알고 있기에 그렇게 내뱉는 것이오."

"무엇을 말입니까?"

"가족을 잃은 자가 어찌 마음이 무겁지 않을 수가 있겠소?"

"맞는 말씀이십니다. 허나 소승이 말씀드리는 것은 장군께서 이전보다 더욱 무거운 짐을 쥐고 있는 것처럼 보이기에 말씀드리는 것입니다."

"무슨 말을 하는 거요?"

"소승이 떠난 그 짧은 사이에 장군께서는 가족들을 또 한 번 잃어버리셨나 봅니다."

"… 그렇소."

나는 또다시 무력하게 누군가를 잃었다.

"어머니가 계신 고향이 오랑캐들에 의해 사라져버렸소."

"소승이 말씀드린 건 장군의 어머니만을 칭한 것이 아닙니다."

"나와 함께 있던 이들 말이오? 그들은 내 가족이 아니오."

"그러나 그들은 이미 장군의 마음속 깊숙이 들어와 있습니다. 다만 장군께서 눈감고 있었을 뿐입니다."

"마치 생불이라도 되는 양 다 알고 있다는 듯이 말하는구려."

그러자 그는 내 옆에 앉아 나를 내려다보았다.

"잊지 않는 것도 중요하나, 과거에 갇혀 지금을 보지 못하는 것은 결국 미래의 고통을 반복하게 될 것입니다. 그대에게는 평생이 지옥이 되겠지요."

그의 목소리가 더욱 무겁게 바뀌었다. 심지어 어떤 엄숙함마저 느껴졌다. 그가 말할 때마다 온 땅이 뒤흔들리는 듯했다. 천지가 흔들리고 하늘이 무너지는 듯했다.

"당신은 진짜요? 아니면 허상이오?"
"그게 그대에게는 중요하오?"
"궁금해서 묻는 거요. 이건 꿈이오?"
"그대가 묻는 꿈이면 어떻고 아니면 어떻겠소. 그런 것에 연연하지 마시오. 그저 흐르는 대로 사는 수밖에."

그는 자리에서 일어나며 말했다.

"이제는 돌아갈 시간이오."

그러고 그는 떠났다. 그가 한걸음, 한걸음 멀어질 때마다 해가 점점 떨어졌다. 그는 마침내 시야에서 사라졌다. 하늘을 보니 희미한 노을빛이 마지막 줄기를 산등성이로 힘겹게 내뿜고 있었다.

'일어나십시오.'

딸의 목소리가 속삭였다. 나는 눈을 떴다.

구원

딸의 목소리가 속삭였다. 나는 눈을 떴다. 내 아이가 구해달라고 내게 외쳤다. 아니, 내 아이가 아니라 이 나라의 누군가가 죽어가면서 한 말일 수도 있다. 부끄러웠다. 무력했다. 그들을 외면해 왔고, 단 한 명도 구해내지 못했다. 이제 내가 무엇을 해야 하는지 깨달았다. 아니, 무엇을 할 수 있는지 깨달았다. 나는 아직 죽음의 문턱이 다가오기 전 최후의 발악조차 하지 않았다. 지금까지는 그저 못내 칼을 들고 공허하게 내 앞을 막아온 이들을 벤 것이다. 단 한순간이라도 모든 일념으로 내 안을 채우고 마지막을 맞이하겠다. 내 자신에게 더한 부끄럼과 공허함을 안기지는 않겠다. 적어도 단 한 어린아이의 생명이라도 반드시 구하리라. 목숨을 걸어서라도. 활을 들고 하나밖에 남지 않은 단검을 들었다. 고을 안을 이리저리 뒤져서 무기가 될 만한 것들을 찾았다. 장대는 칼로 잘라 끝을 날카롭게 만들어 활에 얹을 수 있게 만들었고, 주위에서 관군이 쓰던 불에 탄 칼도 한 자루 찾아내었다. 준비를 끝낸 후 나인이 달려간 방향을 다시 찾으려고 애썼다. 그러나 그렇게 오래 고민할 필요는 없었다. 그녀가 간 방향을 찾아 잠시 헷갈렸으나 저 멀리서 불빛이 아른거렸다. 아마도 오랑캐들의 진지가 저기 차려져있으리라. 나는 그 불빛을 따라 달렸다. 한참을 달리자 다시 숲이 나왔다. 공교롭게도 내 고향 마을로 향하는 방향이었다. 계속 뛰었다. 불빛이 흘러나오는 곳을 향해. 마침내 숨이 턱 끝까지 차오를 때쯤, 무뎌진 내 기력을 탓하기 시작할 때쯤 불빛이 나오는 곳을 찾아내었다. 그들은 내 고향 옆 구릉지에 진지를 차리고 있었다. 내 고향은 낮에 마주친 자의 말대로 어둠 속에서도 시꺼멓게 불에 탄 게 희미하게 보였다. 그러나 지금은 내 고향을 바라볼 때가 아니다. 다시 진지를 향해 시선을 돌렸다. 규모로 보아 적의 본대는 아닌 듯했다. 아주 단출한 진지였다. 대략 잡아 약 백여 명 정도의 병사들이 있는 것처럼 보였다. 진지 뒤편에 말들이 묶여있었다. 그곳에 다른 이들도 같이 묶여있었다. 아마도 저들이 잡아가는 이들일 것이다. 그렇다면 저기로 간다면 나인과 아이들도 함께 묶여있을 것이다. 저들이 있는 곳으로 내려가기 전에 주변의 동태를 살폈다. 포로들의 경비는 의외로 삼엄하지 않았다. 두어 명가량이 이십 명가량의 포로들을 감시하고 있었다. 나는 그 둘을 죽이기 위해 최대한 가까운 곳으로 내려갔다. 그리고 저들이 날 볼 수 없을 만큼 어두운 곳에 자리를 잡았다. 보초를 서던 이 중 한 명이 어디론가 사라졌다. 기회가 찾아왔다. 재빨리 활을 당겼다. 생각이 많으면 안 된다. 통증도 잊어야 한다. 나는 저런 오랑캐들 수십도 활 한 자루만 가지고도 도륙했었다. 저놈 하나쯤은 아무것도 아니다. 심호흡을 하고 시위를 놓았다. 화살은 정확히 겨냥한 머리 한가운데로 날아가 박혔다. 보초는 화살에 맞은 즉시 쓰러졌다. 나는 숨어있던 곳에서 나와 포로들이 묶인 곳으로 달려갔다. 그러나 묶인 이들을 둘러보았지만 나인과 아이들은 보이지 않았다. 묶인 이들은 나를 보고 반기며 줄을 풀어달라고 아우성이었다. 그러나 그 중 몇몇은 나를 보아도 이미 포기한 듯 바닥만 바라보고 있었다. 눈앞에 있는 사내는 흥분한 채로 몸을 떨어대며 묶인 줄을 내게 내밀었다. 그 옆의 아낙은 차분하게 나를 바라보고 있었다. 아낙의 재갈을 풀어주고 그녀에게 물었다.

"혹시 여기 잡혀 온 아이들은 못 봤소?"

"아이들 말입니까?"

그러나 아낙이 말을 다 마치기 전에 어딘가로 가버렸던 보초가 다시 돌아오는 소리가 들렸다. 나는 볏짚 사이에 숨었다. 그가 가까이 다가오는 순간, 뒤로 조용히 돌아가 그의 목을 베었다. 보초는 아무 소리도 내지 못하고 바닥에 쓰러졌다. 다시 아낙에게로 돌아가 줄을 풀어주며 물었다.

"사내아이와 계집아이였소. 한 예닐곱 살쯤 되어 보였을 것이오. 본 적이 없으시오?"

"아이들은 이곳에 묶어두지 않습니다."

"그럼 어디에 묶어두오?"

"안으로 쭉 들어가다 보면 붉은 천막이 나오는데 어린아이들은 그곳에 다 묶어두고 있습니다. 아이들은 다들 여기 잡혀 온 이들의 자식들입니다. 제 아들도 거기 있습니다."

"알겠소. 여기서 나가면 북동쪽에 산이 있소."

"알고 있습니다."

"그곳에 이들을 데리고 가서 기다리시오. 아이들을 데리고 오겠소."

"감사합니다. 나리. 부탁드립니다."

아낙은 말을 듣자마자 다른 이의 줄을 풀어주려고 낑낑거리고 있었다.

"혹시 몸에 누런 가죽을 두른 여인을 본 적은 없소?"

"잘 모르겠습니다."

"오늘 잡혀 왔을 것이오. 키는 적당하고 마르고 얼굴은 흰 여인이오."

"적어도 여기서는 본 바가 없습니다."

"알겠소."

나는 아낙에게 보초가 가지고 있던 단검을 주었다.

"이것으로 다른 이들을 풀어주시오. 그리고 도망치시오."

아낙은 단검을 받은 즉시 자신 옆에 있던 이의 줄을 끊어주었다. 나는 죽은 이들을 숨기고 죽은 보초의 옷을 입었다. 그 사이 이미 몇몇이 풀려나 달아나고 있었다. 나는 그들을 뒤로하고 아낙이 말한 대로 진지 안으로 조심스럽게 걸어 들어갔다. 생각보다 감시가 삼엄하지 않았다. 이들은 이미 승리자들이었다. 이 땅을 얻어낸 점령군이었다. 가끔씩 병사들 몇몇이 지나가곤 했지만, 내게는 다행스럽게도 이들은 이미 연이은 승리에 도취되어 있는 듯 보였다. 그들은 경계는커녕 자기들끼리 떠들썩하게 웃어대며 지나갔다. 그들과 마주치는 것을 피하며 안으로 들어가다 보니 아낙의 말대로 붉은 천막이 나왔다. 천막 앞에는 병사 한 놈이 서있었다. 조용히 활을 들었다. 날카롭게 깎은 장대를 활에 얹고 호흡을 가다듬었다. 시위를 놓으려는 순간 다른 병사 하나가 술에 취했는지 비틀거리며 천막 앞으로 다가왔다. 잠시 활을 내렸다. 선택해야 한다. 이들을 죽일지 아니면 몰래 빠져나갈지. 비록 보초의 옷을 뺏어 입었으나 오랑캐들의 말은 기억이 잘 나지 않았다. 그때 한 놈이 천막 안으로 들어갔다. 밖에 남은 놈은 노래를 흥얼거리며 비틀거리며 내 앞으로 다가왔다. 나와 얼굴이 마주쳤다. 심장이 마구 뛰었다. 이자를 처치해야 하는 것인가? 그러나 놈은 나를 보고 흥얼거리며 스쳐 갔다. 노랫소리가 멀리 가버리고 나서 나는 단도를 꺼내 들고 천막 안으로 조용히 들어갔다. 아이들은 다들 자고 있었다. 안에 있던 병사는 바닥에 앉아 자고 있는 아이의 머릿결을 넘겨주고 있었다. 그는 나를 보고는 자기네 말로 무어라 물었다. 뭐라 하는지 알아들을 수 없었다. 나희는 내 소리에 누워있는 왕자의 옆에서 깨었다. 그리고 일어나 천막 안으로 방금 들어온 침입자를 쳐다보았다. 나희는 그 자리에서 멍하니 나를 바라보았다.

"아버지."

"나희야, 눈을 감거라."

나희가 눈을 가렸다. 병사는 나와 나희를 살피고는 의자에 걸쳐놓은 창칼로 시선이 옮겨갔다. 나와 병사 모두 잽싸게 뛰었다. 그러나 내가 더 빨랐다. 가슴팍에 단도를 깊숙이 찔렀다. 그리고 소리를 내지 못하도록 녀석의 허파에 단도를 쑤셔 박았다. 나희는 내 말대로 눈을 가리고 있었다.

"그래 나희야. 내가 왔다. 어서 여기서 나가자."

나희는 왕자를 깨웠다. 왕자는 일어나서 나를 보고는 미소를 지으며 내게 와서 안겼다.

"다른 아이들도 깨우거라. 같이 나가자꾸나."

다른 아이들도 전부 깨웠다. 아이들은 내 말에 군말 없이 따랐다.

"다들 잘 듣거라. 조용히 따라와야 한다. 알았느냐?"

아이들은 다들 고개를 끄덕였다.

"나가자."

"잘 따라오거라."

아이들을 데리고 아낙이 묶여있던 곳으로 가는 동안 운 좋게도 아무도 마주치지 않았다. 이미 그곳에는 아무도 없었다. 포로들을 묶는 데 쓰였던 동아줄들만이 그곳에 남아있었다. 그들은 이미 이곳에서 탈출한 듯했다.

"다들 따라오거라."

아이들은 졸린 눈을 비비며 나를 따라왔다. 내가 산자락에 도착했을 즈음 오랑캐들의 진지가 밝아지며 시끄러워졌다. 그들은 포로들이 사라진 것을 알아챈 듯했다. 하지만 우리는 이미 그곳을 벗어난 후였다. 아낙에게 약속한 곳에 도착했다. 그곳에는 아낙이 나를 기다리고 있었지만 묶여있던 이들 모두가 기다리고 있지는 않았다.

"이게 전부요? 다른 이들은 어디 갔소?"

"다른 이들은 제 말을 듣지 않고 풀려나자마자 달아났습니다."

아낙이 내게 단검을 돌려주며 대답했다. 아낙은 그렇게 말하고는 내가 데리고 온 아이들을 헤집으며 자기 자식을 필사적으로 찾았다.

기다리고 있던 이들은 각자 자기 아이들을 데리고 어디론가 도망쳤다. 나는 다른 아이들 역시 도망치는 어른들을 아무나 따라가라고 일렀다. 아낙은 떠나기 전 내게 고마움을 연신 허리를 굽혀대며 표했다. 그들이 사라지고 나와 왕자와 나희가 남았다.

"우리도 어서 몸을 피하자꾸나."

그러나 나희는 가지 않고 내 소매를 잡아끌었다.

"왜 그러느냐?"

"아직 저곳에 계십니다."

"누가 말이냐?"

"어머니가 저곳에 계십니다."

"저곳에 있다는 말이냐?"

나희는 고개를 끄덕였다.

"어디에 있느냐?"

"그건 모릅니다. 저는 잡혀 오신 모습만 봤습니다."

"확실히 보았느냐?"

나희는 고개를 끄덕이며 말했다.

"정말 보았습니다."

나인은 아직 저곳에 잡혀있다. 그러나 아이들을 데리고 구하러 들어갈 수도 없는 노릇이었다. 진지에서는 시끄러운 소리가 흘러나오고 있었다. 나 홀로 가도 다시 들어가기 위험한 상황이다. 나인이라면 내가 아이들을 데리고 안전한 곳으로 달아나기를 바랄 것이다. 그러나 그러지 않을 것이다. 오늘은 단 한 명도 잃지 않을 것이다.

"나희야, 잘 듣거라."

"네. 아버지."

나희가 나를 아버지라고 부르는 순간 나는 진정으로 이 아이의 아버지가 되어버린 것을 깨달았다.

"너의 오라버니를 데리고 이곳에서 숨어있을 수 있겠느냐?"

나희는 고개를 저었다. 울먹이며 내게 말했다.

"버리고 가지 마십시오. 무섭습니다."

"금방 돌아오마. 잠시만 기다리고 있으면 내 너의 어미를 구해올 것이다."

나희는 대답 없이 울고 있었다. 왕자는 옆에서 하염없이 내리는 눈을 바라보고 있었다. 나는 두 아이를 껴안았다.

"늦게 와서 미안하구나. 나는 너희를 진심으로 아낀단다. 내 약조하마. 금방 너의 어미를 데리고 돌아오마."

나희는 울면서 고개를 끄덕였다. 나는 왕자를 붙잡고 눈을 바라보았다. 왕자는 멍한 눈빛으로 나를 보았다.

"조금만 기다리거라."

왕자는 대답 없이 나를 바라보았다. 알아들었는지는 모르지만 내 마음이 전달되었으리라 스스로를 믿었다. 나는 내 옷을 벗어 아이들에게 덮어주었다. 나는 최대한 빠르게 그녀를 구하고 돌아와야 한다. 아이들은 이 추위에 오래 버티지 못한다.

"이곳에서 잠시만 웅크리고 기다리고 있거라. 만약 내가 반 시진이 지나도 돌아오지 않으면…"

나희는 나를 올려다보며 내 말을 귀 기울여 듣고 있었다.

"돌아오지 않으면…."

반드시 돌아올 것이다. 그러나 내가 죽더라도 이 아이들이 어떻게든 어딘가에서 살아있기를 상상이라도 할 수 있기를 바랐다.

"내가 반 시진이 지나도 돌아오지 않으면 산자락을 따라서 북동쪽으로 가면 불에 탄 고을이 나올 것이다. 그 안에 들어가면 그리 타지 않은 커다란 기와집이 있을 것이다. 그곳에서 이부자리 같은 것으로 몸을 감싸고 기다리고 있거라."

"아까는 금방 돌아오신다고 하셨지 않습니까?"

나는 나희와 왕자의 얼굴을 어루만지며 말했다.

"반드시 그럴 것이다. 그러나 만약이라는 것이 있지 않으냐. 내가 반 시진이 지나도 돌아오지 않으면 그때는 나희 네가 오라버니를 데리고 내가 일러둔 곳에 가있어야 한다. 얼마가 걸리던 반드시 돌아올 테니 그곳에서 기다리거라. 나희야, 내가 없을 때는 네가 책임감을 가지고 있어야 한다."

나는 왕자가 내 말을 알아듣는지는 잘 모르겠지만 왕자의 얼굴을 붙잡고 말했다.

"아들아, 내가 없는 동안 나희의 말을 잘 따라야 한다."

나희는 떠나는 내게 울먹이면서 말했다.

"반드시 금방 돌아오셔야 합니다."

"알겠다."

광인

노비를 다그치며 계속해서 달렸다. 진영이 있는 곳으로. 내게는 더 이상 그 어떤 것도 중요하지 않다. 진영을 만나서 그 아이를 없애면 나는 가족에게 갈 수 있다. 그게 제일 중요하다.

"나리, 너무 지쳤습니다. 조금만 쉬어가면 안 되겠습니까?"

조용히 칼을 노비의 목에 얹었다.

"내 칼에 죽을 테냐? 아니면 계속 발걸음을 옮기겠느냐?"

종쇠가 타고 있는 말이 부르르 떨며 쓰러졌다. 입에 거품을 물고 거친 입김을 내뿜었다. 내가 타고 있는 말도 겨우 서있었다.

"지금부터는 걸어간다. 알겠느냐?"

노비는 내 칼을 힐끗 보았다.

"말고기라도 구하면 안 되겠습니까?"

"너무 말이 많구나. 길 안내나 하거라. 저기 쓰러진 말처럼 되기 싫다면."

노비는 말없이 걸었다.

"얼마나 가야 하느냐?"

"거의 다 와갑니다. 그분의 거처가 이 근방이라고 하셨습니다."

분명 일행이 있는 진영보다 내가 더 빠르게 도착했을 것이다. 염려가 되는 것이 하나 있었다. 이 노비가 배신할 수도 있다고 생각이 들었다. 그러나 이 노비는 그들을 붙잡을 때 도움이 될 수도 있다. 저 노비가 분명 한 사람이라도 볼모로 잡을 수 있을 것이다.

"그동안 지쳤을 것이다. 허나 내 분명히 약조한 대로 이 일만 끝나면 네 짝을 만나게 해주마. 정말이다."

희망을 주어야 했다.

"알겠습니다. 하나 여쭙고 싶은 게 있습니다."

"무어냐?"

"정말 나리께서 모시는 그분이 조선 팔도에서 제일 힘 있는 분이십니까?"

이 노비는 막연히 임금이 두려운 것이다.

"지금 왕은 허수아비나 다름없다. 내가 모시는 그분이 임금 머리 위에 있다고 볼 수 있겠지."

"제 짝은 어가와 함께 있는데 어가에서 빼낼 수 있다는 것입니까?"

"고작 한 명 사라진다고 해서 신경 쓰지 않을 것이다. 그리고 고작 한 명 빼내는 것이니 어렵지도 않은 일이다."

노비는 고개를 끄덕였다.

"그래서 말이다. 만약 진영을 만나는 때가 온다면 내가 시키는 대로 행할 수 있겠느냐?"

"무엇을 말입니까?"

"내가 무엇을 시키든 할 수 있겠냐는 말이다."

노비는 고심하는 눈치였다.

"네 짝을 만나기 위한 일이다. 내가 시키는 대로 해야 만날 수 있겠지."

노비는 결연한 표정을 지었다.

"하겠습니다. 반드시 하겠습니다."

"좋다. 어서 움직이자. 우리가 먼저 도착해야 한다."

"따라오십시오."

선인

아이들을 뒤로하고 나섰다. 다시 진지가 있는 쪽을 향해 가며 뒤돌아 아이들이 숨은 곳을 살펴보았다. 밖에서 보면 누가 숨어있을 것이라고 생각하지 못할 것이다. 아이들은 아무도 모르는 곳에 잘 숨어있었다. 이제는 아이들이 아니라 내가 문제다. 어디에 잡혀있는지도 모르는 나인을 구해야 한다. 될 수 있으면 안에서 사라진 종쇠도 구해야 한다. 진지가 있는 쪽으로 걸어가고 있을 때 오랑캐들의 진지에서 큰 소음이 들리더니 오랑캐들의 기병들이 우르르 쏟아져 나왔다. 도망친 포로들을 쫓으려는 것 같았다. 저들이 밖으로 나왔다는 건, 안에 남은 이들이 줄었다는 말이 된다. 아이들은 숨어있으니 기병들에게 들키지는 않을 것이다. 내게는 그나마 다행인 일이다. 조금 더 기다렸으나 더 이상의 움직임은 보이지 않았다. 나는 야음을 틈타 진지를 향해 달렸다. 세찬 겨울바람에 얼굴이 칼로 베이는 듯했다. 뼛속까지 찬바람이 들어오는 기분이었다.

아이들도 이 추위에 버티고 있다. 나는 바삐 움직여야 한다. 달음박질 끝에 진지에 도착했다. 너무 빨리 뛰어서 숨이 턱 끝에 걸려있었다. 잠시 숨을 돌렸다. 이제는 나인이 잡혀있는 곳을 찾아야 한다. 나인은 수려한 외모를 지니고 있었다. 그녀는 기품있고 은은한 미를 품고 있었다. 아마도 그 때문에 적장이 나인을 옆에 두고 재미를 보려 할 것이다. 그러므로 나는 적장의 천막을 찾아야 한다. 오랑캐들의 천막을 가려내는 법은 간단하다. 크고 화려하면 우두머리의 천막이다. 천막은 그리 많지는 않았다. 잘 가려내야 한다. 안으로 들어가는 중에 뛰어가는 병사들이 지나갔다. 다행히도 나는 말 먹이풀 사이에 숨어 눈에 띄지 않고 넘어갔다. 보초들을 피해 가장 안쪽으로 들어가니 커다란 천막이 나왔다. 분명 이 천막이 적장의 천막이리라. 심호흡을 하고 안으로 들어갔다. 그러나 안에는 나인이 없었다. 철사 같은 수염이 이리저리 꼬여 우락부락하게 자란 적장이 앉아있을 뿐이었다. 즉시 활을 겨누었다. 서툴지만 북방에 있던 시절 조금 알던 저들의 말로 나인이 어디 있는지 물었다. 놈은 대답하지 않고 나를 이글거리는 눈빛으로 바라보았다. 바깥바람에 천막 안에 있던 호리병이 떨어져 깨졌다. 내가 병이 깨지는 소리에 잠시 눈을 팔 때 적장이 앞에 있던 상을 걷어차며 내게 달려들었다. 놈은 내 활을 발로 차서 떨어뜨렸다. 나는 즉시 단검을 꺼내어 그자의 목을 베었다. 놈은 비명도 지르지 못한 채 바닥에서 부르르 떨며 나를 향해 손을 내밀었다. 마치 살려달라는 것 같았다. 싫다. 그러지 않을 것이다. 나는 놈의 천막에서 빠져나왔다. 나인은 도대체 어디 있는 것인가? 착잡했다. 아이들이 기다리고 있다. 설마 죽은 것인가? 가슴이 답답해졌다. 적장의 천막을 나와 두리번거릴 때 천막 뒤편에 두 개의 높은 장대에 묶여있는 사람이 눈에 들어왔다. 무언가 낯이 익었다. 가까이 다가가 보니 나인이었다. 자세히 보니 나인의 얼굴과 몸에 멍과 상처가 가득했다. 놈들이 이 엄동설한에 아녀자를 고문하고 바깥에 묶어놓은 것이다. 분노에 치가 떨렸다. 그러나 나인을 구하는 게 먼저다. 나인에게 묶여있는 줄을 풀어주었다. 나인은 힘없이 내게로 쓰러졌다.

"이보시오. 정신이 드시오?"

나인은 희미하게 눈을 뜨고 나를 바라보았다. 그리고 전혀 힘이 들어가지 않는 갈라진 목소리로 들릴 듯 말 듯 내게 말했다.

"제가 죽은 것입니까?"

"아니오. 아직은 아니오."

"그러나 장군이 여기 있을 리가 없습니다…."

나인은 그렇게 말하고 힘없이 고개를 떨구었다.

"나는 정말로 이곳에 있소. 정신 차리시오. 아이들이 기다리고 있소."

그 말에 나인이 다시 고개를 들었다.

"아이들이 살아있습니까?"

"그렇소. 어서 나갑시다."

나인은 고개를 끄덕였다. 그러나 그녀는 일어날 힘조차 없었다. 결국, 나는 그녀를 업고 움직였다. 적들의 움직임이 아까보다는 줄어든 것 같았다. 나는 나인을 업고 천막 사이사이를 숨어 다녔다. 이제 아이들이 숨어있는 산으로 가면 된다. 그때 말발굽 소리가 들렸다. 나갔던 기병들이 다시 돌아오는 것 같았다. 그리고 안쪽에서는 누군가 고함을 질러댔다. 죽은 적장을 발견한 것 같았다. 날카로운 소리들이 들리고 점점 병사들의 발소리가 더욱 크게 들려왔다. 진지 안의 모두가 깬 것 같았다. 술에 취해 노랫소리가 가득하던 진지가 소란스러워졌다. 앞으로 뒤로 위기가 찾아왔다. 일단 숨어야 했다. 천막 아래에 있는 협소한 공간에 몸을 숨겼다. 그리고 천으로 앞을 가렸다. 숨어있는 우리의 앞으로 여러 병사가 지나갔다. 그렇게 한참이 지났다. 나는 슬슬 걱정되기 시작했다. 아이들에게 약조한 반 시진이 거진 다 되어가는 것 같았다. 과연 나희가 똘똘하게 왕자를 데리고 일러둔 곳에 갈 것인가…. 그때 누군가 우리가 숨은 천막 앞에 멈추어 섰다. 그자는 소변을 보는 것 같았다. 오줌발을 휘갈기고 있었다. 그자의 오줌이 우리가 숨은 바닥으로 점점 흘러들어왔다. 내 심장은 마구 쿵쾅대고 있었다. 어찌나 심장이 빨리 뛰던지 바깥에 서 있는 녀석에게 내 심장 소리가 들릴까 염려될 정도였다. 놈은 소변을 다 보고 나서 가는 것 같았다. 그때 나인이 신음 소리를 내었다. 나인을 바라보니 녀석의 오줌이 흘러들어 내려와 나인의 팔에 난 상처에 닿아있었다. 나는 공포에 휩싸였다. 발걸음은 다시 우리가 숨은 곳으로 돌아왔다. 지금 나는, 아니 우리는 무방비 상태다. 그야말로 아무것도 할 수 없다. 발걸음은 다시 천막 앞에서 멈췄다. 놈은 우리가 막아놓은 천을 걷어 올렸다. 그러자 땋아 내린 머리가 먼저 보였다. 그리고 나는 놈과 눈이 마주쳤다. 그자는 우리를 찬찬히 살펴보았다. 온몸에 상처가 가득한 나인을 잠시 바라보았다. 우리를 살펴본 자는 미소를 짓고는 다시 천으로 입구를 잘 덮어주고 떠났다. 나는 그 자리에서 얼어붙어 있었다. 무슨 일이 일어난 것인지도 몰랐다. 그자가 떠나고 점차 소음이 줄어들었다. 나는 먼저 나와 밖을 살폈다. 아무도 없었다. 아이들이 있는 곳으로 향했다. 그러나 내가 말한 반 시진이 지났다. 내 말대로라면 아이들은 그곳에 없어야 한다. 그러나 확인을 해야 한다. 나는 전전긍긍한 마음으로 아이들을 숨겨둔 곳으로 향했다. 도착했을 때 아이들은 그곳에 없었다. 조그만 발자국만이 남아있었다. 발자국들은 내가 지칭한 고을을 향해 나있었다. 나희는 내가 시킨 대로 정확히 행한 것이다. 아이들은 고을에 있다. 나인을 업고 쉬지 않고 달렸다. 나인의 몸은 너무도 가벼웠다. 이렇게 가냘픈 몸을 이끌고 홀로 적진으로 달려간 것이다. 그리고 나는 그것을 바라만 보고 있었다.

제발 죽지 마시오.

나인은 정신을 잃었는지 아무런 움직임이 없었다. 오랫동안 달려 고을에 도착했다. 나는 나인을 데리고 내가 누워있었던 기와집으로 달려갔다. 그러나 아이들은 보이지 않았다. 불안감에 가슴이 터질 것만 같았다. 일단 나인을 집 안에 눕혔다. 나는 밖으로 나가 아이들의 이름을 소리쳐 불렀다. 불에 탄 집들을 이리저리 뒤졌지만, 아이들은 없었다. 내가 풀어준 이들 몇몇을 마주쳤지만 그들은 숨어있다가 내가 나타나자 바로 달아났다. 그들에게 아이들을 보았느냐고 물었지만 다들 대답을 하지 않거나 모른다고 했다. 분명 작은 고을인데 이렇게 조그마한 고을인데 왜 아이들이 보이지 않는 것인가? 미칠 것만 같았다.

이런 멍청한 놈!

아이들 곁에 붙어있었어야지. 네놈은 할 줄 아는 것이 무어냐. 주변에 있는 이들은 다 죽게 만드는 빌어먹을 저주받은 놈.

"아버지."

그 소리에 나는 고개를 황급히 돌렸다. 나희가 관아에서 고개만 내밀고 나를 바라보고 있었다. 나도 모르게 눈물이 나왔다. 나희의 볼은 추위에 새빨갛게 변해있었다.

"이제 오신 것입니까?"

나는 말없이 다가가 나희를 꼭 안았다. 나희는 영문도 모르는 표정을 지으며 나를 바라보다가 이내 내게 안겼다. 나희는 그 작은 손으로 내 눈물을 닦아주었다.

"왜 우시는 것입니까?

"기뻐서 그런 것이다. 너의 오라버니는 어디 있느냐?"

"저 안에서 자고 있습니다. 아버지께서 커다란 기와집에서 기다리라고 이르시지 않으셨습니까."

나희는 관아를 손으로 가리켰다. 내가 커다란 기와집이라고 두루뭉술하게 말했다. 이 아이의 눈에는 이 관아가 내가 말한 커다란 기와집으로 보였을 것이다.

"그래. 참 잘했다. 내 말을 아주 잘 따라주었구나."

"어머니는 어디 계십니까?"

"근처에 있다. 얼른 가자꾸나."

왕자는 관아 안에서 오들오들 떨며 자고 있었다. 왕자의 입에서는 허연 입김이 뿜어져 나왔다. 왕자를 붙잡고 부드럽게 깨웠다.

"아들아."

왕자는 내 말에 눈을 떴다. 왕자는 나를 바라보고는 배시시 웃었다. 그 모습에 나도 웃음이 나왔다.

"자. 네 어미에게로 가자꾸나."

나는 나희를 한 손으로 들고 왕자의 손을 잡고 걸었다. 나인이 있는 집을 향해 걸었다.

"아이들을 데려왔소."

나인은 한참 동안 아이들을 바라보았다. 그녀는 눈물을 흘리며 아이들을 껴안았다. 아이들도 울며 그녀에게 안겼다. 나인은 나를 바라보며 말했다.

"정말 고맙습니다."

"마땅히 해야 할 일을 한 것뿐이오."

나인은 한참 동안 아이들을 껴안고 있었다. 그때 바깥에서 소리가 들렸다.

"잠시 계시오."

무언가 이상했다. 별안간 함성이 들리더니 오랑캐들이 담을 타고 넘어와 나를 포위했다. 정말 간신히 구해냈는데 하늘은 내게 어찌 이럴 수 있단 말인가? 오랑캐 병사들은 나의 칼과 활을 가져갔다. 곧이어 저들의 우두머리처럼 보이는 자가 왔다. 저들의 우두머리가 병사에게 명했다.

"안에 있는 이들을 끌고 나오거라."

병사들이 안에 있는 아이들과 나인을 끌고 나왔다. 나인은 힘이 없어 땅에 고꾸라졌고, 아이들은 울고 있었다. 나는 아무것도 할 수 없었다. 우리의 꼴은 말이 아니었다. 머리는 산발에 아이들의 옷은 해어졌고, 나는 피와 땀에 절어있었다. 저들의 우두머리는 우리를 바라보았다. 그 순간 나는 깨달았다. 저자는 오랑캐들의 천막 아래에 숨어있을 때 우리를 그냥 보내준 자였다. 오랑캐 병사가 그에게 물었다.

"이들은 어떻게 합니까?"

"우리가 찾는 이들이 아니다. 기껏해야 아녀자와 비렁뱅이인데 데려가서 무엇하겠는가? 그냥 풀어주어라."

나는 잠시 내가 그의 말을 잘못 알아들은 줄 알았다. 저들의 언어를 들은 지 너무나 오래되어 내가 헷갈린 줄 알았다. 그러나 나는 정확히 그의 말을 알아들었다. 그의 명령에 병사들이 우리를 풀어주었다. 병사들은 우두머리의 명령에 따라 철수했다. 우리를 풀어준 이는 나를 잠시 응시했다. 변발을 길게 땋아 내린 이는 내게 한 번 고개를 살짝 끄덕였다. 그러고는 제 병사들과 따라가버렸다. 그들이 사라지자마자 다리에 힘이 풀려 그 자리에 주저앉고 말았다. 나는 아이들과 나인에게 기어가 꼭 껴안아주었다. 오랫동안 안고 있었다. 그리고 동이 틀 때까지 기다렸다. 이 밤에 산골로 달아날 수도 없는 법이었다. 추위에 다들 얼어 죽고 말 것이다. 나는 이들이 자는 동안 밤을 새웠다. 그리고 집을 여기저기 뒤져서 무엇인지 모를 곡식 몇 줌을 발견했다. 날이 밝고 이들에게 찾은 것을 먹였다.

"안 가십니까?"

나희가 앳된 목소리로 물었다.

"가야지. 가자꾸나."

나인은 그나마 기력을 회복하기는 했지만 그래도 제대로 걷지는 못했다. 나는 나인을 업고 나희는 왕자의 손을 잡고 걸었다. 나는 산으로 걸었다. 산에 올라가서 내려다보니 오랑캐들의 진지는 사라지고 없었다. 다들 떠난 듯했다. 나는 내 고향 마을을 향해 걸었다. 계속 걸으면 적어도 저녁 전에는 도착할 것이다. 오랜만에 하늘에서 햇살이 눈부시게 내리쬐었다. 햇살이 밝아 지나온 날들보다는 따뜻한 편이었다. 나인은 낮이 되자 기력을 조금은 회복했는지 스스로 걷겠다고 했다. 평화로운 날이다. 그렇게 얼마간을 걸으니 내 고향 마을이 점점 보였다. 멀리서 보아도 화마에 휩쓸린 것이 느껴졌다. 나는 그 자리에서 멈춰서 잠시 마을을 바라보았다. 그러자 나인이 내게 말했다.

"고향이 저곳입니까?"

나인은 나의 눈치를 살피며 물었다.

"그렇소. 어서 갑시다."

귀향

      나는 이들을 데리고 내 고향 마을을 향해 갔다. 우리가 온 곳보다는 양호한 편이었다. 그래도 몇몇 집들은 꽤 살만해 보였다. 그러나 마을 안에는 아무도 없었다. 나는 혹시나 내 집은 괜찮지 않을까 하는 생각이 잠시 들었다. 내 집은 산자락으로 이어진 기나긴 돌담길을 지나 모퉁이를 돌면 나온다. 모퉁이를 돌 때 잠시 희망을 품었으나 이내 물거품이 되었다. 고향 집은 바싹 타있었다. 나는 멍하니 집을 바라보았다. 집은 곧 무너지기 직전처럼 보였다. 조그맣게 불에 탄 유골이 보였다. 믿기 싫지만 내 어머니였다. 어머니는 그렇게 불에 탄 채로 마당에 누워있었다. 나인이 내게 말했다.

"정말 유감입니다."

나인은 내 눈치를 살피고 있었다.

"… 어머니는 어차피 살날이 많이 남으신 분이 아니었소."

차오르는 슬픔에 목소리가 떨려 제대로 나오지 않았다. 나인은 아무 말도 하지 못했다.

"집마저도⋯."

"괜찮소. 그저 많고 많은 집 중 한 집일뿐이오."

"그래도 여기가 나신 곳이 아닙니까?"

"그런 것은 그저 의의에 지나지 않소."

"그래도⋯."

나인이 말을 흐렸다.

"아니오. 자, 갑시다. 뒷산에 올라가면 내가 머무르던 거처가 있소. 그곳이 괜찮을는지는 모르지만 한번 가봅시다."

그러나 나인은 지쳐 보였다.

"아이들을 데리고 여기 남아있으시오. 혼자 다녀오리다."

"안 됩니다. 애들이라도 데리고 가주십시오."

나인은 나를 애처롭게 바라보았다. 내가 저들 옆에 부재했을 때 항상 탈이 생겼었다. 나인은 그것이 두려운 것이었다.

"좋소. 함께 갑시다. 내게 업히시오."

"괜찮습니다. 걸을 수 있습니다."

"아니오. 그대는 지금 기력이 없소. 업히시오."

"그래도⋯."

나인은 마저 대답하지 않았지만 내가 억지로 나인을 업자 가만히 등에 올라탔다.

"나희야. 오라버니 손을 꼭 잡고 나를 따라오거라."

"네, 아버지."

나희는 그렇게 말하고 왕자의 손을 잡았다. 출발하려고 할 때 어머니의 유골이 눈에 들어왔다.

"잠시 기다리시오."

어머니의 유골을 저대로 두고 갈 수는 없었다. 흙으로라도 대충 덮으려고 했으나 땅이 얼어 마땅치 않았다. 결국, 눈으로 어머니의 유골 위를 대충 덮어드렸다. 그리고 나인을 데리고 산을 올랐다. 산을 오르며 잠시 뒤돌아보았다. 어머니는 그곳에 계셨다. 눈물이 차올랐지만 내색하지 않고 다시 가던 길을 갔다. 다시 뒤돌면 멀쩡한 집에 어머니가 살아 앉아계실 것만 같았다. 그간 가족을 잃은 슬픔에 어머니께 너무도 무심했었다. 그 생각에, 그 슬픔에 몸이 떨렸다. 등에 업힌 나인은 나를 더욱 꽉 안아주었다. 아이들은 힘든 기색 없이 잘 따라와 주었다. 내가 고향 집을 차마 들어가지 못하고 그저 집 주변만 배회하면서 지낼 때 뒷산에서 조그만 폐가를 발견했었다. 나는 그곳을 홀로 뜯어고치며 살았었다. 지금 나는 부디 그곳만은 화마에 휩싸이지 않았기를 바랄 뿐이다. 나인을 업고 올라가는 것은 의외로 힘들었다. 전에는 이곳을 오르는 것이 이렇게 힘들지는 않았었다. 하기야 나라고 제대로 먹고 자고 한 것은 아니니 당연했다. 눈 쌓인 나무에서 새가 푸드덕하고 어디론가 날아갔다. 나인은 그 소리에도 흠칫 놀라며 몸을 떨었다. 나인이 몸이 떨리는 것이 느껴졌다. 놀라서 떨고 있는 것인지 아니면 기력이 쇠하여 떨고 있는 것인지는 몰랐지만, 그녀가 극도로 불안해하고 경계하는 것만은 느껴졌다.

"염려 마시오. 이곳은 안전할 것이오."

"알겠습니다. 송구합니다."

"뭐가 말이오?"

"힘들 텐데…."

"전혀 힘들지 않소. 나는 괜찮소."

아이들은 앞에서 날아가는 겨울새들이 신기하다는 듯이 구경하며 걷고 있었다.

"나희야, 가까이 오거라. 너무 떨어지면 안 된다."

"알겠습니다, 아버지."

나희는 왕자의 손을 잡고 내 옆으로 왔다. 이제는 저 아버지라는 소리도 어색하게 들리지 않는다. 그렇게 걷고 걸어서 내가 지내던 곳에 도착했다. 눈이 잔뜩 쌓여있었지만, 누구도 다녀간 흔적이 보이지 않았다. 오히려 눈 속에 파묻혀 남들이 모르고 지나갔을 수도 있다. 나는 나인을 내려놓았다.

"얘들아, 어머니 곁에서 떨어지면 안 된다."

"네, 아버지."

나희는 왕자와 함께 나인 옆에 앉았다. 나는 눈을 털어냈다. 눈은 얼어서 거의 주먹으로 때리듯이 쳐내야 떨어져 나갔다. 눈을 어느 정도 털어내고 안에 들어갔다. 누가 훔쳐가거나 들어온 흔적조차 없었다. 모든 것이 다 그대로였다. 바닥은 얼음장같이 차가웠다. 그러나 아궁이에 불을 때면 금방 따뜻해질 것이다. 뒷간에 쌓아놓았던 장작도 그대로 있었다. 장작 위의 눈을 털어내고 아궁이에 불을 피우려고 애를 썼다. 그러나 너무 오랫동안 눈 속에 파묻혀있어서 그런지 잘 되지는 않았다. 오랜 시간이 지나고 땀이 쏟아지기 시작할 때쯤 간신히 꺼질 듯한 연기를 만들어내었다. 입김을 불어넣어 주자 점점 불씨가 살아났다.

"안으로 들어가 계시오."

"알겠습니다."

나인은 아이들을 먼저 들여보냈다. 나인은 내게 말했다.

"함께 들어오시지요."

"곧 들어가리다."

"같이 들어와 쉬시지요."

나인은 나를 가만히 바라보며 말했다. 진정으로 내가 쉬기를 바라는 눈빛이었다. 저런 눈빛을 얼마 만에 보는 것인가.

"알겠소. 같이 들어갑시다."

나는 나인과 함께 들어갔다. 바닥은 아직은 차가웠지만 점점 온기가 느껴지기 시작했다. 나인은 가장 따뜻한 곳에 아이들을 앉혔다. 나는 이불을 꺼내왔다. 나인은 아이들에게 덮어주었다. 나는 남는 옷가지들을 모두 가져와 나인에게도 덮어주었다.

"춥지 않으십니까?"

"나는 괜찮소."

그녀는 내 손을 잡았다.

"손이 얼음장 같습니다. 이리로 들어오시지요."

나는 주저했으나 그녀가 내 손을 잡아 이끌었다. 나는 그녀와 함께 꼭 붙어서 옷가지들을 위에 덮고 있었다. 모양새가 꽤나 우스꽝스러웠다. 나는 웃음이 나왔다.

"왜 웃으십니까?"

"우리 모습이 꽤나 별나 보여서 웃은 것이오."

나인도 내 말에 미소를 지어 보였다. 나인의 몸은 아직도 차가웠다. 나는 그녀를 내 품 안에 안아주었다. 그녀는 내 손길에 잠시 머뭇거렸지만 내 품 안에 들어왔다.

"참으로 천운이었습니다."

"무엇이 천운이라는 것이오?"

"장군을 만난 것 말입니다."

"나는 그리 좋은 사람이 아니오."

"아닙니다."

그녀는 그렇게 말하고 아이들을 바라보았다. 아이들은 이미 서로 꼭 붙어서 졸고 있었다. 침묵이 흘렀다. 침묵을 깨고 나인이 왕자를 가리키며 말했다.

"저 아이는 제 아들입니다."

"알고 있소."

그녀는 놀란 듯이 나를 바라보았다. 그녀는 잠시 머뭇거리다가 내게 말했다.

"저 아이는 전하께서 저를 품어주시어 아무도 모르게 낳은 아이입니다."

"구태여 설명하지 않아도 되오. 이미 알고 있소."

"어떻게 알고 계십니까?"

"알고 알지 못하고는 더 이상 중요하지 않소. 그러니 그만 말하시구려."

그녀는 잠시 뜸을 들이다가 물었다.

"전하께서는 정말 승하하신 것입니까?"

"그렇다고 들었소."

그녀는 아무 말도 하지 않았다.

"슬프지 않으시오? 아이의 아버지가 죽었는데."

"전하의 아이를 품고 낳았지만, 전하께 따로 연정을 품고 있지는 않았습니다. 그저 전하께서 저와 제 아이를 특히 아끼신 것일 뿐입니다."

"그렇구려."

나인은 잠시 침묵하다가 내게 물었다.

"이제 어찌 되는 것입니까?"

"모르겠소. 나중에 생각합시다."

나인은 그 말을 듣고 내 품에 더욱 파고들었다. 그리고 그녀는 아이처럼 잠들었다. 나는 그녀를 껴안은 채로 가만히 있었다. 바닥이 점점 따뜻해지는 것이 느껴졌다. 나는 자고 있는 아이들을 바라보았다. 저기서 자고 있는 사내아이는 왕자가 아니다. 그러나 왕자이면 어떻고 아니면 어떻겠는가. 같은 아이일 뿐이다. 그거면 된 것이다. 내가 지켜야 할 이유는 충분하다. 이제 남은 인생 동안 나는 저 아이들을 지키면서 살 것이다. 원치 않게 이런 상황에 놓였지만 누군들 아니겠는가. 나인도 왕의 아이를 품게 될 줄은 몰랐을 것이다. 왕은 그저 제 눈에 단아한 용모의 나인이 마음에 들었고 말없이 언제나 묵묵하게 시중을 드는 모습에 반한 것이다. 그래서 자신의 욕정을 풀었던 것이다. 그의 인생 처음으로 오로지 자신의 의지로 정한 짝에게 욕정을 풀었던 것이다. 한낱 나인이 할 수 있는 게 무엇이 있었겠는가? 그저 받아들이는 수밖에. 어쩌면 이 여인은 나인이 아닐 수도 있다. 그러나 그런 것은 중요하지 않다. 누구인지는 중요하지 않다. 지금 나에게 누구인지가 중할 뿐이다. 생각이 여기까지 미쳤을 때 나도 점점 눈이 감겨오기 시작했다. 이곳은 아무도 찾아오지 않을 것이다. 그러나 나는 잠에 응하지 않았다. 나는 이들이 자는 동안 깨어있을 것이다. 깨어있어야만 한다. 나는 나인을 아이들 옆에 누이고 밖으로 나갔다.

재회

　　　　　　장작을 충분히 아궁이에 넣었다. 방이 충분히
따뜻해질 만큼. 다시 방으로 들어가려 할 때 누군가 서있었다. 그자
는 칼을 들고 나를 노려보고 있었다. 온몸이 뒤집히는 기분이었다.
우리를 쫓던 이들을 까맣게 잊고 있었다. 그자의 뒤로 누군가 걸어
나왔다. 도망간 종쇠였다. 손에 칼을 쥐고 있었다. 녀석이 우리가 가
는 곳을 불은 것인가? 칼을 든 자가 내게 말했다.

　"나를 알아보시겠는가?"

　군역에 있을 때 휘하에 있던 자였다. 시킨 일은 어떻게 해서든 해
내는 충직한 군인이었다. 내가 나간 후 저들은 반란군이 되어 다들
유배를 가거나 죽은 줄로만 알았다. 그런데 어찌 저치가 지금 내 앞
에 서있는 것인가? 내게는 지금 허리에 지닌 단도밖에 없다. 어찌 이
렇게 곤경에 빠질 수 있단 말인가. 안에서 잠든 그녀와 아이들은 이
사실을 알기는 할 것인가?

"자네는 내 아래에 있던 이가 아닌가."

"나를 기억하는군."

"자네만큼 충직한 이도 없었지. 여기에는 어쩐 일인가?"

목소리가 떨렸다.

"당신도 알 것 아니오. 내가 왜 여기에 있는지."

나는 아무 말도 하지 못했다.

"아이는 어디 있소?"

대답하지 않았다.

"저 방 안에 있는 것인가?"

"이러지 말게. 원하는 것이라면 내 들어주겠네."

"당신이 들어줄 수 있는 일이 아니오. 아이를 내놓으시오."

종쇠가 옆에서 거들었다.

"나리. 다 끝났습니다. 어서 내놓으십시오."

"너는 저자에게 붙은 것이냐?"

"제 짝을 만나려면 이 길밖에 없습니다."

칼을 든 자가 내게 다시 말했다.

"아이를 내놓으시오."

"어째서 죽이려 드는가?"

그는 눈물을 흘리며 가까스로 말했다.

"그래야 내 가족에게 돌아갈 수 있소."

나처럼 저자도 누군가에게 명을 받은 것이다.

"이제 저들은 나의 가족이나 다름없다. 절대로 내어줄 수 없네. 저 아이를 죽이지 않더라도 자네 가족을 만날 방도가 분명 있을 것이네."

"아니, 그렇지 않소. 저 아이가 죽어야 내가 가족을 만날 수 있소."

말이 통하지 않았다.

"유배당한 동안 가장 가슴 아팠던 일이 뭔지 아시오?"

그는 힘겹게 숨을 고르고 이어 말했다.

"단 한 번도 그들이 내 꿈에 나오지 않은 적이 없어."

유배당한 동안 가슴이 찢어지게 사무쳤을 그리움일 것이다.

"그런데 그들의 얼굴이 보이지 않아. 가족들의 얼굴이 기억나지 않아."

그의 얼굴에 흘러내린 눈물이 얼어붙었다.

"그게 얼마나 고통스러운지 아나?"

천행

　　　　　　일순간 얼굴이 얼어붙었다. 칼이 배 밖으로 튀어나와 피가 철철 흐르고 있었다. 고개를 돌려보니 충한이 서있었다. 숨을 거칠게 몰아쉬며 나를 바라보고 있었다. 그대로 쓰러지고 말았다. 노비가 당황해 허둥지둥 대는 가운데 진영은 노비의 숨통을 끊었다.

'내 가족을⋯ 볼 수 있었는데.'

아무 소리도, 아무 느낌도 더 이상 느껴지지 않는다. 매서운 바람도, 바닥의 차가운 눈도 점점 희미해져 간다.

"누군지는 모르지만 정말 고맙네."
"내게 고마워하지 마시오."

그리고 충한은 멀어져갔다. 눈을 사부작거리는 발소리도 점점 들리지 않는다.

'이게 내 마지막인가…?'

믿었다. 다시 만날 수 있을 거라고. 미안하다고 말해 줄 수 있을 거라고. 다시 얼굴을 볼 수 있을 거라고. 점점 눈이 감기고 세상이 까맣게 변해갔다.

삶

나는 덤불 속에 숨어있다. 호흡을 가다듬어야 한다. 눈앞의 토끼는 내 존재를 모른 채 풀을 뜯어먹고 있다. 준비가 된 순간 활시위를 당겼다. 나는 활시위를 놓았고, 화살을 토끼의 미간에 정확히 맞았다. 토끼는 그 자리에서 죽었다. 나는 죽은 토끼를 들고 집으로 향했다. 집에서는 어느덧 배가 꽤 불러온 나인이 밥을 짓고 있었다. 나인의 옆에서는 나희가 그 모습을 구경하고 있었다. 멀리서 나희가 나를 보고 손을 흔들었다. 나는 잡은 토끼를 들어 보였다. 나인은 나를 보고 미소를 지었다. 내가 고향에 돌아온 후 한 해가 지났다. 이제는 더 이상 그들이 나오는 꿈을 꾸지 않는다. 술은 한 방울도 입에 대지 않고 있다. 정확히 말하면 술 생각이 나지 않는다. 나는 나희에게 외쳐 물었다. 다른 아이는 어디 있는지. 그러자 나희는 집 옆의 냇가를 가리켰다. 사내아이는 집 옆에 졸졸 흐르고 있는 자그마한 시냇물을 들여다보고 있었다. 나는 조용히 아이를 불렀다.

"아들아."

아이는 나를 바라보았다.

"들어가자꾸나."

아이는 나를 한참 동안 바라보았다. 그리고 입을 열었다.

"네, 아버지."

말을 잃은 이후 처음으로 말을 내뱉은 순간이었다. 나는 그 자리에서 멈춰 서서 아이를 바라보았다. 아이도 나를 바라보았다. 한참 동안 눈을 마주친 끝에 나는 입을 말했다.

"그래. 어머니가 걱정하겠구나. 어서 들어가자."

아들은 내게 다가와 내 손을 잡았다. 그리고 걸었다. 가족들을 향해.

"무엇을 잡아오신 것입니까?"

아들은 천천히 한 자씩 힘주어 내게 물었다.

"운이 좋게도 토끼를 잡았단다."

아들은 다시 말을 이어나갔다. 그리고 나는 기다렸다.

"저는… 지난겨울에 아버지…께서 구워주신 뱀 고기가… 그렇게도 맛났습니다."

"그때는 참 신기했단다. 겨울인데 뱀이 돌아다니고 있더구나."

"그게 아직도 기억에 남습니다."

이번에는 더듬지 않고 말을 편하게 내뱉었다.

"그때가 자주 생각이 납니다."

"내일 한번 잡아보도록 하마."

아들의 머리를 쓰다듬어주었다. 아들의 머리 위로 새들이 푸드덕거리며 날아갔다.